小学館文庫

サルデーニャの蜜蜂

内田洋子

小学館

サルデーニャの蜜蜂

―目次―

book design : Shingo Nakagawa
cover photo : © iStock

壁の中の海

イタリアについて私のそもそもの関心は、南部地方だった。同じ国なのに近代化が進んだのは欧州他国に近い北部ばかりで、南部や島嶼《とうしょ》部は時代に取り残されたままだ。鉄道が途切れると、その先は車で道のあるところまで進み、道がなくなると歩いて訪ねた。隣り合う村でさえ車でも小一時間の距離があり、集落が変わると方言も食生活も気質も別の国のように違う。不便さは人を遠ざける。外界から孤立している分、住人の結束は固く、土地の個性は色濃く残っている。排他も度が過ぎると小さな枠の中で停滞してしまい、やがて消えていってしまう村も多い。辺境のイタリアは殻に閉じこもったまま老いて衰え、他所者《ヨソモノ》には難解だ。

「他人に知られなくても、別に構わない」

辺地には、頑《かたく》なところがある。言葉にして説明しなくても通じるはず。話さないし、書かない。小さな、しかし大切な記憶は記録に残らず、ひとつ沈み、またひとつ埋もれていく。

歴史は、無名の人たちの小さな歴史が積み重なり連なって成されるものだ。表に見えている顔がポピュラーなイタリアなら、底に潜むいくつもの影もまたイタリアである。


仕事がひと区切りついた。南部の辺地を回ってみる前に、ヴェネツィアのなじみの古書店を訪ねてみることにした。ネタ探しに行き詰まると行く。いつも店主は耳寄りの話を仕入れていて、手を貸してくれる。

「南部へ下りていく途中で、ぜひ寄ってみるといいですよ」

店主は、ある村に行くように勧めた。イタリア半島を北から南まで背骨のように貫く山脈がある。村は、トスカーナとリグリア、エミリア・ロマーニャの三つの州が隣り合う山岳地帯に位置している。かつてそこに住む人たちは、本を担いで山を越えイタリア各地を行商して回ったそうだ。店主の祖先もその山村の出身で、本を売りにヴェネツィアへ通ううちに当地の女性と結婚し、今ある書店を構えたのだった。

「今でも夏になると、村では本祭りが開かれています」

祭りには村の関係者だけではなく、ずいぶん遠くからも本好きたちがやってくるらしい。地図で見ると、山しかない。道路もない。鉄道もない。そういう辺鄙《へんぴ》な場所の商材がなぜ、重くて濡《ぬ》れると売り物にならない本だったのだろう。ページの間に、知らないイタリアが隠れているような気がした。うだる都会を離れ、山奥の小村で緑と書物に囲まれて、村と本との不思議な縁を推測しながら過ごすなんて、いかにも夏休みらしくていい。

昔、リグリア州の港町に住んでいたことがあった。古書店主が勧める山村は、その港町から北東方向の内陸にあった。リグリア州は、海にも山にも恵まれている。波打ち際まで山々が迫り、海に沿って細く帯状に平地が続く。村が山奥にあるといっても、どこかしらに道はあるはずだ。もし山村に飽きてしまっても、ひたすら南下していけば海へ抜けられるだろう。

夏を待って、村へ向かうことにした。〈本のフェスティバル〉とたいそうな呼び名が付いていても、しょせん山奥の地味な村祭りに過ぎないのだ。露店も訪問者も、やってくる数は知れているだろう。辺鄙なところでは、空き家を民宿代わりに使えたり飲食店が二階の空き部屋を貸したりして、臨機応変、何とかなるものだ。交通手段も宿も行き当たりばったりでどうにかなるだろう、と高をくくっていた。

いよいよ出発という段になり場所だけでも確認しておこうと、村に一軒だけの宿屋に電話してみた。

「明日から本のフェスティバルが始まりますからね。近隣の町村ももういっぱいでしょう。うちなんて、一年前から全室に予約が入っておりまして……」

すまなそうに、けれども少々誇らしげな声で宿の主人は答えた。

祭りの人気に驚き、それならきっと収穫があるに違いない、と予定を繰り上げて、まだ薄暗いうちに山へと向かった。

高速道路を下りて少し州道を走り、山麓を沿う道へ入るとすぐ、カーナビが右往左往し始めた。〈Uターンしてください〉を繰り返した挙句、画面が固まってしまった。道は続く。全開した車窓からは、山の匂いが流れ込む。冷房よりここちよく冷えて清らかで、空気が甘い。空高く大木の枝が重なり合い、うっそうとした枝葉にさえぎられて朝陽《あさひ》は地面まで届かない。フロントガラス越しに、白いシャツが木陰で緑色に染まる。山の朝は早いものだ。ところが宿屋が満杯と言う割には、人はもちろん行き交う車もない。森閑としている。鳥のさえずりさえ聞こえない。枝が触れ合う音。小石がタイヤに弾《はじ》かれる音。朝でさえ、こうなのだ。深夜の闇と静けさを思う。

ヘアピンカーブを繰り返し上っていくにつれ道幅は狭くなり、いよいよ坂の傾斜が険しい。突然、緑の覆いが取れて空が現れると、道沿いに車が数珠繋《つな》ぎに路上駐車しているのが見えた。どの車も山頂に頭を向けている。いったん村に着いてしまうと、再び下りようとする人はいないのか。村が磁力で引き寄せているように見える。

最後尾に車を駐《と》め、登り坂を歩く。眼下には、さきほど通り抜けてきた山々が遠くまで重なっている。前方に、灰褐色の建物が見えた。ブロックがむき出しになったままの壁面で放り置かれたその三階建てが、村に唯一の宿屋らしい。壁のあちこちが崩れ落ち、木製の窓枠や雨戸は腐食しているのか、黒ずんでいる。

ごめんください……。

玄関口から人影のない奥に向かって呼ぶと、長身でがっしりとした身体《からだ》つきの初老の男性が、廊下の奥から声もなくのそりと顔を出した。高い腰に巻きつけた黒の前掛けは、粉や油で染みだらけだ。薄い唇と厳《いか》つい鼻をわずかにゆがめて棒立ちしたままで、笑っているのか不機嫌なのかわからない。

〈何か?〉

宿屋の主人は黙って、眉だけ上げた。〈ずいぶんと横柄な〉。私は鼻白んで主人をにらみ返して、あっ、となった。彼の右目には焦点がなく、曇った瞳が宙を泳いでいたからだ。

「今日中には着かないかもしれない客がいましてね。もし昼まで待って来なかったら、あなたを先にお通ししますよ」

主人は階段前の部屋を顎でしゃくって、粗い調子で言った。遠くから、村祭りにやってくる古書専門の露天商がいる。長年にわたる常連で、ここへ来る道中に、いくつかの町で商いをしながら来るので、いつも到着の日時ははっきりしない。その人が着くまで部屋を回してやろう、というのである。

「ところで、朝食はまだなんでしょう？」

そう言いながら正方形の小さなテーブルを二つ寄せ、脇に積んであった白い布を取ってバサリと空に舞わせテーブルに広げ、〈座って〉と顎で言った。大股で奥に引き返すと、まもなく温めた牛乳と淹《い》れたてのコーヒーをアルミの丸盆に載せて戻ってきた。「今朝、私が焼いたばかりです」。小さな籠には、クロワッサンとジャムが入っている。

宿泊客が朝食に下りてくる気配はない。受付前に並べた小テーブルには二卓にクロスが掛けてあるだけで、残りはむき出しのままである。受付の背後の壁を見ると、番号を振った板には多数の鍵が吊《つ》るされたままだ。どうやら満室というわけではなさそうだった。ぶっきら棒に見えて、実は主人は面倒見のよい人に違いない。一見《いちげん》の客である私をすぐには上へ通さず、まずは様子を見たいのではないか。宿は、村の手前の坂に建っている。行く手をさえぎり、不審者はいないか、主人は入り口でにらみを利かせる見張り番のようなものなのかもしれない。

たっぷりの朝食を済ませ、荷物を預けて村まで行ってみようか、と立ち上がりかけたとき、スラリと背の高い女性が一人で下りてきて窓際の席に着いた。逆光で表情はよく見えないが、座りがけに私に向かって軽く会釈した。

「今晩、講演をなさる方でしょうか？」

椅子を引きながら、よく通る高い声で唐突に尋ねた。髪は柔らかく波を打ち、朝陽を受けてオレンジ色に光っている。

本祭りの期間中に、国内外の作家や評論家たちが日替わりで講演する、と聞いていた。その女性は、私を講演者の一人と勘違いしたらしい。

祭りを見に来た一般客だ、と私が答えるとその人は早とちりを詫《わ》びて、

「ごいっしょしてもよろしいでしょうか」

了解を得るとすぐ、軽やかに席を立ってやってきた。向き合うと、大きなサングラス越しに目元には深い皺《しわ》が幾筋も見える。

「ロベルタと言います。八十五歳になりますの」

さっとサングラスを外し、まったく信じられませんわ、という風にオレンジ色の頭を振って高い声で笑った。


一時間近く話しただろうか。初対面のうえ世代も違うのに、話題が途切れることはなかった。ロベルタが聞き上手で、また話し好きだったからだろう。簡単な自己紹介を経て二人ともミラノ住まいであるのがわかると、

「あなた、いったい今までどこに隠れていたのです⁉」

そう言って私をおだてて笑わせ、これは宿命の出会い、などと大げさに喜んでくれるのだった。本祭りには数十年前から欠かさず通い続けている、と言った。

「もう少し前に知り合っていれば、私の店にもご招待できましたのに」

彼女は、ミラノ郊外で書店を経営していたという。古書の買い入れをきっかけにこの村出身の本の行商人と知り合い、村へ通うようになった。

「でも、初めて訪れた場所ではありませんでしたのよ。母親がここからも近い、リグリア州の出身でしてね」

さきほどロベルタの苗字は、オリオ・ポントレモリだと聞いた。ポントレモリは、

この山麓にある村の名前でもある……。

彼女はじっと私の目を見て、そのとおり、とうなずいた。

第二次世界大戦中、ユダヤ人たちは本来の苗字を地名に置き換えて出自を隠していた。

「生き残れたのは、母親と私の二人だけでした」

彼女の手元に、読みかけの本が置いてある。『ファシズム下のイタリアでのユダヤ人たちの暮らし』。本祭りで落ち合うつき合いの長い古書商が、一年かけてロベルタのためにユダヤ関連の本を各地で探し、持ってきてくれるのだという。

「毎夏、本に呼ばれて村へ来て、〈また今年も生きていられた〉と思うのです」

私は翌朝早くに宿をあとにし、ロベルタとはそれきりになった。

揺れる木漏れ陽。辺境の地の、閑散とした宿の居間。不審な来訪者を阻み、村を守るぶっきら棒な宿の主人。たっぷりの牛乳とコーヒーから上る湯気。甘くて歯応えのあるクロワッサン。差し込む夏の陽に透けるオレンジ色の髪。伸びた背筋。耳の底に残った、美しい話し言葉。凜《りん》として、でも哀《かな》しい目。

何気なく開いた古い本から見知らぬイタリアの情景が現れるのを、ひとつずつ読み追っていくようなひと時だった。

手帳に、小さく折りたたんだ紙片を挟んである。「また会えるとうれしいわ」。別れ際にロベルタが、住所と電話番号を書いて渡してくれた。あのあと出張が続いてミラノにはしばらく戻れず、それでもメモは手帳に挟んでどこに行くにもいっしょだった。紙片を見てはあの朝を思い出し、時間が経《た》つにつれてロベルタへの言い知れない畏敬の思いを強くした。メモは守り札になった。電話をかけて会いに行く日を想像し、うれしく、そして怖くて、緊張した。

一九四三年から一九四五年にかけて、ミラノ中央駅の二十一番線から合計二十三本の列車が出発した。直行。行き先は、ヨーロッパ各地の強制収容所である。復路のない旅に発《た》った乗客は、ドイツのナチスとイタリアのファシストが捕らえた数千を超えるユダヤ人やパルチザン、反体制主義者たちだった。

中央駅は、今も変わらず町の中心にある。六万六千五百平方メートル。ユダヤ人たちを詰め込んだ列車が発ったプラットホームは、駅の地下にあった。元々は、郵便貨物を運搬する場所だった。巨大な駅舎の側面に専用出入り口があり、郵便貨物を載せたトラックはそこから地下へと直行していた。一般旅客が利用するのは駅舎の上階部にあるため、脇から地下へ入っていく貨物トラックが人目につくことはほとんどなかった。ナチスとファシストはユダヤ人や反体制主義者たちをいったん市内の刑務所に収監し、そこからトラックにまとめて積み込んで一般車と同じ道を通り、中央駅地下まで運んだのである。ナチスたちは、世間には強制移送をいっさい公表しなかった。中央駅に乗り入れて車両に積み移す際に誰からも気づかれないように、と郵便貨物専用の地下のプラットホームを使った。この地下で、ユダヤ人とその他に分けたとされる。ユダヤ人は全員、アウシュヴィッツへと送られていった。

板を打ち付けただけの粗末な家畜専用車両に、幼子から老人までひとまとめに五、六十人もが押し込まれ、そのまま機関車に連結され駅を出た。車両には、窓も電灯もない。水もない。食料もない。何の説明もされずに、暗闇の地下から暗闇を走る旅へ。身動きもままならない車両で立ったまま、皆黙っている。不安におののいて声が出ない。なぜ自分たちが？　いったいこれからどうなるのか。

動物以下の劣悪な環境での移動は、一週間ほど続いた。やっと着いた先で選別すら受けず即刻、全員がガス室に送られた車両もあった。すぐには殺されなくても、過酷な強制労働で衰弱死したり、人体実験による感染症で死んだりした。どれほどのユダヤ人が絶滅政策で殺戮《さつりく》されたのか正確な記録は残されていないが、アウシュヴィッツ収容所だけでも百十万人余りが犠牲になったと言われる。

　現在ミラノ中央駅では地下の二十一番線を欠番とし、〈ホロコースト慰霊博物館〉として公開している。壁には犠牲者の墓標が並ぶ。奇跡の生還を遂げた人たちの証言が、碑に深く刻まれている。


　ミラノ中央駅から北へ徒歩で二十分ほどの地区に来ている。十五世紀半ばに、郊外に流れる川から引いて運河が造られ、緑の多い牧歌的な一帯だったらしい。後世の都市計画で一部は埋め立てられ、現在は中央駅を経由してミラノを縦断する幹線道路へと変わっている。往路復路で四車線あり、幅広い。滑走路のようにまっすぐに延び、箱型の建物が林立している地区は二分されている。

　三十軒余りの呼び鈴の中から、〈オリオ・ポントレモリ〉の名を見つけて押す。個性も色もない、凡庸な大型の集合住宅だ。

　建物の玄関まで下りてきたロベルタは、私の手を幼子のように引いて家へと招き入れた。三カ所の鍵を開けて入るとすぐに短い廊下があり、左右にいくつかの部屋の扉が並んでいる。居間に通され、ソファに座った。それほど広く見えないのは、一人掛けの椅子や猫足のソファ、小椅子が居間じゅうにはめ込むように置いてあるからだった。壁に寄せて天井まであるガラス戸の付いた飾り棚があり、わずかな隙間に丸いテーブルが押し込むように配してある。本来は四人掛けなのだろうが、辛《かろ》うじて小椅子が二脚添えてあるだけだ。重そうな銀製の燭台《しょくだい》やフランス製の食器や置物、花瓶、フリンジ付きのランプが、飾り棚の中にも天井と棚の隙間にも、電話台やテーブル、ソファの前のコーヒーテーブルの上にもところ狭しと並んでいる。

「古い物ばかり。ここは母の家でした。私は結婚して別の地区に住んでいたのですけれど独りになってしまったので、自分の家はたたんでここへ引越してきたのです」

価値があるのかないのか、私にはわからない。ただどれもこれまで目にしてきた古道具とは異なる雰囲気があり、前世代の空気をまとって重々しい。本来の居場所を失い、仮の場所に移し置かれ戸惑っているようにも見える。いっそ箱に詰めたほうが、部屋は片づくのではないか。

「陽に当てて、新鮮な空気を吸わせてやりたくて」

箱にぎゅうぎゅうに押し込んでしまうのは、とロベルタは室内をゆっくり見回した。

二階にある家の窓はレースのカーテンが二重になっていて、室内を薄暗くしている。いろいろな大きさの絵が十数点、壁に掛かっている。風景画だけで、実在の景色もあれば空想の情景もあるようだ。真ん中に三点の絵が並ぶ。三点とも、明るい灰色の空を背景に、三角屋根の小さな家が描かれている。一軒だったり、二軒だったり。どの家にも窓が描かれていない。

ひと際、年季の入った絵がある。本の表紙を額装したらしい。陽に灼《や》けて変色した表紙は、周囲が擦りきれてぼろぼろだ。

近づいて見上げると、『ピーター・パン』だった。

「唯一の本でした。両親が買ってくれたのです。大切な友だちで、どこへ行くにも抱いて連れていきました」

白湯《さゆ》をひと口ずつ飲みながら、ロベルタはゆっくり独り言のように話した。燃えるような赤毛だったおかげで命拾いしたこと。まだ幼かった頃に、反政府活動家だった父はスペインで闘い行方《ゆくえ》知れずとなり、とうとう再会することがなかったこと。一人っ子だったロベルタだけでも救おう、と家事手伝いの女性とスイスへ逃げるように言った母。

学校に通えず、でも「美しい母国語を学びなさい」と、母から教わった読み書き。逃げに逃げ、隠れて。父母から離れて独りぼっちだったロベルタのそばにいつもいた、『ピーター・パン』……。

「本を抱きしめて、地下の真っ暗な防空壕《ぼうくうごう》で大勢の人たちと息を潜めていたときです。

無性に恋しく、さみしくて堪《たま》らなくなりましてね」

何をしたと思います？　ロベルタは絵の中の〈壁だけの家〉をじっと見ながら、ちょっと笑った。

「防空壕の石壁を、十歳だった私は一心不乱に舐《な》めたのです」

わけもなく、どうしても塩が欲しかった。土の中の鉱物に引き寄せられたのだろうか。目を閉じて壁を舐めると、母と夏休みを過ごした懐かしいリグリアの海の味がした。闇の中に潮風が吹いてきた。〈おかあさま……〉

戦争が終わると、ロベルタは母の教えに従って、大学の文学部を出て国語の教師になった。教師を退職すると、今度は書店を開いた。読み書きすることは、故郷を思うこと。ロベルタの故郷は、母親だった。

「どんなおいしい料理も敵《かな》わない、壁に染み込んだうま味を味わったことを、私は生きている限り伝えなければなりませんからね」

辛い味

夏ごとに海辺で会う七十代の夫婦がいた。

夏の、そして浜辺での雑談は、美容院でのおしゃべりのようなものだ。隣り合わせのビーチパラソルの下から、互いにサングラスと帽子で覆った顔で、わずかに露出している口元や眉、鼻頭の動きを見ながらしゃべる。裸同然の格好で寝そべって、うたた寝しては起き、目覚めては泳ぎ、海から上がり身体を乾かす。雑誌をめくったり音楽を聴いたり。合間に家から持ってきたフルーツやスナック菓子を勧め合い、その夫婦とも浜辺と家との往来の途中で見聞きしたことを話した。取るに足らない内容ばかりで、口にしたそばからもう忘れてしまう。それでも、毎日浜で会っては四方山話《よもやまばなし》を繰り返した。親戚でも友人でもないけれど顔見知り、という間柄は後腐れがなく気楽だ。無料で自由に使える浜辺は限られていて、そこへ通う顔ぶれも決まっていた。各人が浜へ下りてビーチパラソルを張る時間も位置も、暗黙の了解で割り振られたかのように変わることはないのだった。

小さな町なので、買い物に行く店も限られている。日が暮れる頃になると、火照《ほて》った顔にビーチサンダルのまま、Tシャツにショートパンツやゆったりしたワンピース姿の人たちで小さなスーパーマーケットは混雑した。地元の住民たちは午前中のうちに買い物を済ませているため、夕方はもっぱら休暇族専用だ。フランスとの国境にほど近いせいもあり、品ぞろえにはイタリアとは違う異国情緒があった。

「カブ入りのスープやクスクスなんて、毎日は食べられないわよね」

ブツブツ言っている女性のしかめた小鼻と眉間の皺から、あのビーチパラソル仲間の老夫人とわかる。横に立つ、三十代後半の目鼻立ちのはっきりした金髪の女性が私に気づいて、愛想よく挨拶した。朝誰よりも早く浜に来てはビーチパラソルを突き刺し、サンベッドを並べクーラーボックスを置いて、両親の到着を待っているあの娘だ。婿も見える。

母親と娘夫婦はそれぞれにカートを押し、次々と食材や日用品を放り込んでいく。数種類のパスタがキロ単位で積み上げられ、コーラの大瓶の六本セットにビスケットの大袋、紙ナフキン徳用パック、シャンプーが男性用に女性用、赤ん坊用も……。

「肉は、ここのは駄目。角の精肉店はトリノからの仕入れだから、お勧めよ。オリーブオイルやコーヒーは、うちから持ってくるようにしてるの」

魚はどこで、と訊《き》きかけた私を手で制し、

「明晩いっしょに食べに行きましょう」

老夫人はきっぱり宣言するように私を誘うと、それじゃあ明日また浜で、と娘夫婦を伴ってレジへ進んだ。途中、「焼きたて、いかがですか⁉」と、熱々のフランスパンを差し出す店員の顔の前で彼女はハエでも払いのけるように、要らない、と手をひらひらさせ、先へ進みかけてふとこちらを振り返り、

「パン屋も教えてあげる」

押しの強い南部イタリアの訛《なま》りでつけ加えた。それが、浜の外でカルメラと会った最初だった。

朝起きたら水着の上にTシャツを着て出かけ、帰宅したら洗い替えのTシャツに着替える。真夏の海なのだ。外出先はせいぜいスーパーマーケットくらいの毎日なので、カルメラ一家と食事に行くその夜にも迷わず軽装で下りていった。

〈いったい何です、それは？〉

朝も昼も夜も代わり映えしない格好の私に、カルメラはブルーのアイライナーで縁取った目をみはって呆《あき》れ、なじるような、そしてあわれむような顔をした。日中の砂と塩をシャワーで流し爽やかに身支度したつもりだった私は、その目線に縮み上がった。

カルメラ夫婦はというと、一分の隙もない。カルメラは、ドレープが入った足首までのワンピースに総レースの長袖のジャケットを合わせている。すべて黒。襟元から裾に向かってスパンコールがきらめき、ミルキーウエイのようだ。足元はロウだけれど、もちろんヒール。胸の谷間にはちりめん皺《じわ》が波打つものの、毎日の海水浴で肌はテラコッタ色に照っている。首筋から胸にラメが光る。夫ジュゼッペは、横一文字に口を閉じたままわずかに顎を下げた。ベージュの厚手の麻のスーツ。ジャケットの下には、水色のシャツを合わせている。モカシンとベルトは対。けだるい一日が終わろうとする路上で、二人だけが舞台上の俳優のように浮き上がって見えた。

カルメラ夫婦と私はそれぞれに場違いであり、気まずく、互いに少し距離を置いて遊歩道を歩いた。

離れて見る二人は、七十年の人生の見本帖《ちょう》だった。

カルメラは、〈洋服簞笥《だんす》のような〉とイタリア人が例えに使う体軀《たいく》をしている。豊満というよりはどしりと厚い胸板で、丸い腹部はたっぷりした腰回りとひと繋がりになっている。ぷっくりした手の下に、夫が手を添えている。レッドカーペットをエスコートするような、厳粛でしかし誇らしげな様子が握り合った手に見える。ジュゼッペは、ぜい肉のない背筋を伸ばし前だけを見て歩いている。妻と談笑するでもない。

思えば、二人は浜でもそうなのだった。毎朝、娘と婿が定位置にビーチパラソルを立て、太陽と真向かいになるようにサンベッドを並べる。老夫婦は午前遅くにゆっくりとやってきて、カルメラが白い厚地の布をサンベッドに掛ける。広げるときにパリッと音が立ちそうなほど、糊《のり》が利いている。洗濯石鹼《せっけん》の香りが隣の私のところまで漂ってくる。カルメラは目の端で敷布がたるまずに敷けたのを確認すると、よいこらしょ、と横たわる。ひざ丈のビーチドレスもワンピース水着も、サンダルもサングラスも帽子も、すべて黒だ。

ジュゼッペはというと、娘、婿、孫と順々に目で挨拶を済ませると、パナマ帽を目深に被《かぶ》りなおして沖に目を向け、昼までじっと座っている。やせ気味の身体は日灼《ひや》けして、浜に打ち上げられ乾いた流木のようだ。ときどき妻から乞われて広くて柔らかな背中に日焼け止めのクリームを塗る以外には、誰とも言葉を交わさなければ目も合わせない。しかしどうだろう、その存在感たるや。私は海に飛び込み沖合から浜を見返すと、緑と白の縞《しま》模様のビーチパラソルの下に影絵のようにジュゼッペが見える。微動だにしないその黒い点は、家族全員の起結の標《しるべ》だ。

〈ついでに見ているから、安心しなさい〉

浜へ上がってきた私に、ジュゼッペは目でそう告げる。どんな標的をも射抜くような眼差《まなざ》しは、夏の陽差しより鋭い。軽口や愛想など、気易く口にできない威圧感があった。隣どうし寝そべり、日がな一日どうでもよいことをしゃべり続けている妻とは、正反対だった。

中央通りに面したレストランに着くと、すでに外まで長い行列ができていた。

「お待ちしていました。シニョーラ《奥様》、シニョーレ《旦那様》！　いつものお席でご用意ができています」

入り口まで転がるように駆け寄ってきた給仕長は、夫婦と同じ強い南部訛りとフランス語のイントネーションの混じった口調で大仰に歓待した。

軽く百席は超えるだろう。「いらっしゃいませ」「ちょっと失礼いたします！」。歯切れよく挨拶しながら、大皿を頭上に持ち上げたウエイターたちが脇や背後をきびきびと行き交う。ムール貝の白ワインソテーが湯気を立てて通り過ぎていったかと思うと、イカやタコ、エビのミックスフライが揚げ油のチチチという音を耳元に残して運ばれていく。湯気と匂いと人熱《ひといき》れで、店内は蒸れている。

そこが特等席なのは一目瞭然だった。店の最も奥の角にあり、行き止まりになっている。楕円《だえん》形のテーブルには、十二人は楽に着席できるだろう。店内の喧騒《けんそう》は届かず、隣席の話もじゃまにならない。ジュゼッペが顎を少し下げると、給仕長は〈かしこまりました〉とうなずき、それを合図にウエイターたちがいっせいに小走りでテーブルの周りに控えた。カルメラは、

「ピッツァもおいしいし、ショートパスタも最高ね。魚介類の仕入れがよいの。お勧めはね……」

メニューを端から指差して教えてくれる。

「店に任せるといい」

妻をさえぎるようにジュゼッペが短く告げると、待っていたかのように給仕長が注文を取り始めた。長々と説明をしたカルメラはというと、「私は、素焼きのフォカッチャがいいわね」。遅れて到着した娘、婿、女子高校生の孫は、「サラダを」「鷹《たか》の爪とニンニクのスパゲッティをお願いします」「マルゲリータ風ピッツァに決めました」。

カルメラやジュゼッペほどではないけれど、長い金髪を高い位置で結い上げた娘は

母親と同じように黒いロングドレスだったし、婿はきちんとジャケットと靴下を履いての革靴である。孫娘は、身にぴったりフィットする綿ニットのミニワンピースに肩まで垂れるピアスを光らせている。ときめく服装で皆が食べるのはしかし、特別な一品でないばかりか、普通ならレストランが応じないような素朴な料理だった。

手に手に大皿を掲げてやってくるウエイターたちは、まず上座に向かって皿を傾ける。ジュゼッペに中身を見せているのだ。

「皿の中に、店の今日の商いのバロメーターがありますからね」

カルメラは、夫に向かって一礼する皿を目の端で追いながら、グリッシーニ《棒状の乾パン》をかじっている。

サラダや素焼きのフォカッチャ、鷹の爪とニンニクのスパゲッティだなんて、と家でも食べられるような料理を注文する一家に私は少し呆れていたが、カルメラの言葉に、簡単な料理ほど素材の質や調理の技術は明白なのだ、とはっとした。ウエイターたちの背後で給仕長は穏やかに振る舞いながら、ジュゼッペとカルメラの顔色を懸命にうかがっている。

上座とその隣の私にだけ、海の幸山の幸がふんだんに盛り込まれた〈本日のお勧め〉が置かれた。大皿から手際よく取り分けられたパスタを前に、ジュゼッペは相変わらず表情も変えずに黙っている。

カルメラは総ビーズの黒いポーチからガラスの小瓶を手馴《てな》れた様子で取り出すと、素早く指先で何かつまみ上げて夫のパスタの上でもみ潰した。一瞬のことだった。

「さあ、いただこう」

上座からのひと言に、妻、娘一家、後から加わった長男と次男の家族がそろって頭を垂れて顔の前で小さく十字を切り、夕食が始まった。

〈どうです、あなたも？〉

私がひと口目を飲み込むのを見届けてから、ジュゼッペは自分のパスタの上を顎先で示した。

もみ潰された赤唐辛子。南部イタリアの味覚の核心である。

それは、直箸《じかばし》でどうぞ、と言われたような、あるいは密造酒を注がれるような、頑ななジュゼッペが内なる味蕾《みらい》を明かして自分の世界へと招待してくれた瞬間に思えた。

夫婦は、南部イタリアのカラブリアの出身だった。

その夜の料理をよく思い出せない。食材の鮮度もパスタの茹《ゆ》で具合もオリーブオイルもすべて申し分なかったが、二口目からの喉越しはピリピリと小針を飲み込むようだったからだ。夫の顎先を受けてカルメラはすかさず小瓶から赤唐辛子をつまみ出し、私の皿の上で力一杯に捻《ひね》り潰した。「全体に辛味がよくなじむから」と、オリーブオイルをひと回りさせた。イカやタコ、エビやムール貝が火の波間を飛び跳ね、口に入れたとたんに燃えあがる。強烈なおいしさだったが、長らく五臓六腑《ごぞうろっぷ》から後味が響き返った。

〈夕食に誘われたようで実は、ジュゼッペからの一家への仲間入りを認める儀礼だったのではないか〉

しばらく経ってから、そう気がついた。

夏の間に住む海の家には、いい加減な普請が多い。ガラス戸が閉まらなくなったり、エアコンが壊れたり。普段は静かな町だが、夏になると休暇族からの修理依頼が殺到し、地元の配管工や電気配線工は対応に大わらわである。

ある年、海から帰ってくるとうちの中が水浸しになっていた。台所の隅から水が浸《し》み出して止まらない。請負ってくれる業者を管理人や両隣に教えてもらい、片端から電話をかけるものの、全員が出払っている。やむなく、水道の元栓を締めては必要なときだけ開き、蛇口を捻る。するとみるみる床に漏れ水が広がり始めるので、再び大急ぎで元栓を締め直す。それを二、三日続け、疲れはてた。床はフローリングである。修理しないと、床板が反り返るかもしれない。毎朝いくつもの大鍋や洗い桶《おけ》に水を汲《く》み置いては、無駄にしないよう注意して洗顔に使い、洗濯し、掃除に使い回した。

水は出るのに、使えないのです……。

浜で、暗い顔つきの私を心配するカルメラにそう答えると、

「午後、家にいなさい」

横に座るジュゼッペが沖合を見たまま、低い声でそれだけ言った。

帰宅し、昼食にモソモソと出来合いのサンドイッチを食べ、紙コップで買い置きのミネラルウォーターを飲んでいると、呼び鈴が鳴った。

「大変でしたね。もう大丈夫ですよ」

玄関には、工具箱を脇に抱えた見慣れた男性がいた。

「この先のイタリアンレストランで働いています。ジュゼッペさんから詳細は伺ってますんで」

ねじ回しにペンチ、麻紐《あさひも》で、ナットやボルトをあちこち締めたり巻いたりしたあと、

「オーケー」と独り言ち《ご》、台所の蛇口を全開した。水漏れしない壁を確認してから、どんなもんです、という風に自信たっぷりにうなずいた。

にわか配管工は、私から決して修理代を受け取ろうとしなかった。

「同郷なんです、私も」

上座をじっと見ていた給仕長と同じ目で、強い訛りで答えた。

数回の夏を過ごし、十数回の夕食をカルメラとジュゼッペ一家と共に過ごした。浜の場所が定位置なのと同様に、行くレストランも席もいつも変わらなかった。いくら評判がよくても、他の店には見向きもしなかった。どんな料理が出てきても、私は必ずジュゼッペに倣《なら》って、カルメラに小瓶の赤唐辛子を捻り潰してもらい、食べた。

最初のうちはひりひりと慣れなかった舌が、一個や二個くらいでは物足りなく感じるようになった頃、

「今度、ミラノのうちにいらっしゃい。見せたいものがある」

ジュゼッペに言われた。食卓で私が上座から直に声をかけられたのは、知り合って数年経って初めてのことだった。

浜辺でできた縁は、秋の到来とともに消えてしまうものだ。町に戻りそれぞれの日常が始まると、慣れた交友関係と毎日の雑用に追われて、休暇中の出来事は遠い異国で見た夢に変わる。連日隣に寝そべり、しゃべり、出かけては食卓を共にしたカルメ

ラとジュゼッペとも、同じミラノに住んでいるというのに電話すらかけ合うこともなかった。

水漏れから救ってもらったことと、「見せたいものがある」と言われたのが長らく心に残った。

〈母カルメラに代わり、父ジュゼッペの逝去《せいきょ》をお知らせします〉

冬のある日、出張先の携帯電話に娘からメッセージが入り、立ちすくんだ。

刺すような辛い味が喉の奥によみがえる。

どう返していいのか、言葉が見つからない。夫妻がどこに住み何を生業にしているのか、詳しく訊いたこともなかった。

「地下鉄の終点で降りて、地上に出て待っていてください。お迎えにあがります」

しばらくしてから娘に連絡を取り、日曜日の昼食にカルメラを訪ねることになった。

荒《すさ》んだところだった。地下鉄の駅の上には、ミラノが抱えるありとあらゆる問題が集結しているように見えた。ホームレスすらいない。用もなく、ただ立っている黒い肌の人たち。地べたに座って柱に寄りかかっている男がいる。ブルカをまとって目だけを出している女性。泣かない赤ん坊。二、三歳の子どもたちがいっせいにこちらを見る。その間を慣れた足取りで縫う、濃い化粧のイタリア女性たち。駅への階段に男たちが並んで座り、自動販売機をじっと見ている。どの人も骨と皮にやせて、目ばかりが目立つ。たむろする三、四人の脇を通ると、すえた臭いがする。誰とも目を合わせないようにして、たすき掛けのカバンを前へ回したところに、遠くから走ってくる人が見えた。カルメラの娘婿だった。

「皆そろって、お待ちしています」

久しぶりに強いカラブリア訛りを耳にして、夏の浜辺へと気持ちが飛んだ。

車は、私の知らないミラノを走った。道の両脇を覆う伸びたまま立ち枯れた雑草が、走り過ぎる車の風を受けてなびく。車窓からの景色は無彩色で、目標になるような建物すらない。しばらくして草むらに代わり遠くに低層住宅がポツポツ見え始めると、たちまち林のように集合住宅が連なり、やがて道が途絶えて車は停《と》まった。二階建ての集合住宅が太陽を正面に見て、二棟並んで建っている。二階の窓が開き、見慣れた金髪の女性がうれしそうに手を振った。

家に入って、驚いた。床に窓、家具やドアノブ、照明器具、写真立て、銀食器……。すべて磨き上げられて輝き、飾りの置物や時計、宴席用の皿やグラスなど整理して保管されるべきものは、それぞれ適切な位置に整然と並んでいた。堂々としたサイドボードには、奥から古い順に家族の記念写真が飾ってある。出生、誕生日、入学、サッカーの試合、バレエの発表会、卒業、結婚。

そして手前の一番新しいところに、ジュゼッペはいた。引き伸ばした写真の目尻と口端が、照れ笑いで少しゆがんでいる。写真立ての中のその目に、喉の奥がチクリとした。

「ジュゼッペがお見せしたかったのは、これでした」

食事のあとカルメラが奥から持ってきたのは、何の変哲もないブリキのバケツだった。あちこちが凹《へこ》んでいる。そして何より、底が抜けていた。

カルメラはバケツの縁を撫《な》でながら、生まれたての娘を抱えて南部からミラノへ仕事探しに移住してからの話をした。学も縁故もなく南部出身というだけで理不尽な差別を受けた、辛酸を舐める暮らしぶり。しかし一度見たら忘れない観察眼と手先の器用さ、人並み外れた強靭《きょうじん》な心身と誠実さがジュゼッペにはあった。ちょうどミラノが建築ラッシュに沸いていた頃だった。故郷から持参したブリキのバケツを手に、工事現場から工事現場を渡って黙々と働いた。誰に教わることもなく自分の眼力だけで、瓦礫《がれき》から骨組みを、壁を、そして床張りの技術を習得した。その後「ミラノの美しい足元を作ろう」と、床材専門の工務店を立ち上げるに至る。

「このバケツのおかげ、とあなたに自己紹介をしたかったのでしょう」

抜けた底は彼が重ねてきた苦労の証《あかし》ではなく、自身の揺るぎない目と腕を基にして家族のために開いた、未来への窓のように見えた。

私の宝石

今日は、イレーネがうちに来る。「昼食後に」と、言っていた。いつもなら午後の授業があるはずだったが、もういいのだろう。先週、イレーネは高校をやめてしまったと聞いた。

建物の裏道を行くと、ドゥオーモ広場へは近い。大通りの交通渋滞に巻き込まれている路面電車を待たずに、その日も近道を歩いていた。頭上高く、街路樹がザワザワと葉を揺すり合わせている。遅い昼の時間帯で、ちらほらとしか通行人がいない。

葉音に混じって、若い女性の声が聞こえてきた。数人いるらしい。低い声が重なり、楽しい話ではないようだった。子どもでも大人でもない年端の少女たちが、少し離れた生け垣のそばにたむろしているのが見える。

「ちょっとあんた、ジャンニに手を出したんだってね」

「先週、公園でマリオとも抱き合ってたでしょ」

「パオロが、あんたと海岸でひと晩明かしたって言いふらしてる」

「いったい何人と同時なのよ」

一人を数人が取り囲み、皆が怒声を上げている。

そのうちにらみつけていた側の一人が、声を上げて悔し泣きを始めた。

「あんたそんなに悔しいなら、四六時中、見張ってればよかったじゃないのさ！」

罵声を浴びていた子が言い返した調子があまりにはすっ葉で、通りがかりの私まで寒々しい気分になる。

〈昼間から、少女たちがボーイフレンドを巡ってけんかするなんて……〉

私は近道をやめて、少女たちのすぐそばを通る小道へと入った。

なんだって⁉　もう一回言ってみな。黙ってろ！　バッカヤロー。

ぎ、ぎゃあっ。

金切り声の絶叫のあと、なじられていた少女が全力疾走で建物の間を逃げていった。

残った少女たちは顔面蒼白《そうはく》でうろたえ、ヒイヒイと悲鳴を上げ続けている子に声をかけたり背をさすったりしている。へたり込んで頬を押さえているその子の指の横から、いく筋もの血が流れているのが見えた。

ぶら下がっていたピアスを、あの少女が引きちぎって逃げたのだった。

私はけがをした女の子を表通りの薬局へ連れていき、後は店主に任せて、見知らぬ少女たちとはそこで別れたきりとなった。

耳たぶを裂いたかどで、イレーネは一ヵ月の謹慎処分となった。

「なら、やめます」

校長室に呼ばれて訓戒を受けると、その場で直ちに彼女は自主退学を決めた。そばにいた両親は、一人娘の決意に驚きも怒りも嘆きもしなかった。

「もう十五歳なのだから、自分のこれからは自分で考えるべき。被害者が訴えたいならどうぞ。鑑別所に行くのも天罰で、よい薬です」

淡々と突き放す親に、前を向いたまま表情も変えないイレーネ。泣き面になったのは、担任教師のほうだった。

まだたったの十五歳なのだ。警察沙汰にならなかったとはいえ、世間は狭い。退学に至った逐一は、すでに周知のことだろう。同年輩の女の子たちからは〈売春婦〉と厭《いと》われ、しかし妬《ねた》まれ、大人たちからは好奇と恐れ、疎《うと》んじる目で見られる。高校をやめて、どうするのだろう。

あの騒動から数週間後、いつもの近道の途中でイレーネに会った。

元気？

立ち止まって尋ねると、大人でも子どもでもない化粧慣れした顔を向け、

「まあね。せいせいしてる」

と言ってから私をじっと見て、

「おばさん、ピアスしていないのね」

少女の顔に戻り、笑った。

天気もよくちょうど昼時だったし、いっしょにサンドイッチでもどうか、と誘った。偶然通りすがっただけの縁だったが、あの日を境にイレーネの人生が大きく変わったことを薬局の店主から聞き、何か餞《はなむけ》のひとつでも贈ってやりたかったのだ。

公園で食べる出店のコーヒーとサンドイッチの昼食は大雑把だったけれど、のびのびとした味だった。イレーネはそこいらにいる十五歳と同じように、お気に入りの歌をYouTubeで見ながら口ずさんで聞かせてくれたり、食後にアイスクリームを欲しがったりした。携帯電話にはひっきりなしにメッセージが届き、時々電話をかけては媚《こ》びた声で話したり、「アモーレ・ミオ……」と、かすれ声でわざとらしく甘えたりし

た。

「明日、おばさんの家にちょっと寄ってもいい？」

ふと雑談が途切れ、出し抜けにイレーネから請われた。

コーヒーのあと、イレーネは黒いなめし革の大きなバッグから布袋を出した。自慢げな顔で布袋から引っ張り出したのは、ショッキングピンク色の靴である。

「十七センチ！」

ピンヒールは金色に光っている。靴の表面には、びっしりとスタッズが打ち込まれている。まるで怒ったハリネズミみたい……。

スニーカーからハイヒールに履き替えると、イレーネはたちまち足元だけ怪しげな大人の女となって、一歩踏み出したとたんにグラリと揺れた。

十五歳とピンヒール。

アイスクリームを頬張りながら、かすれ声で拗《す》ねて身をくねらせ電話で話していたちぐはぐさを思い出す。

学校をやめたその日のうちにイレーネは、洗礼や聖体拝領式で贈られた金のブレスレットや銀製の写真立て、匙《さじ》などの祝いの品の一切合切《いっさいがっさい》を親に内緒で質入れし、念願の十七センチヒールを買ったのだという。

ピンク色のつま先をそろえてからツンと鼻先を上げ、

「資格を取ったから大丈夫」

そう言いながらバッグから取り出したのは、薬局のレジ袋である。真空パックされた医療用の針。アルコール消毒液。脱脂綿。サインペン。

退学したあとに専門コースに通って、耳や唇、ヘソ、舌などにピアスを開ける技術を学び、今日、資格を取得してきたところなのだという。

つい最近まで、初めてのピアスを買うと宝飾店で耳や小鼻に穴を開けてくれたものだった。今は公衆衛生法が変わり、許可を持つ医師や施術資格者だけが穴を開けられる。

〈ちょうどよかったわ〉。私はサインペンをイレーネに渡すと、黙って耳たぶを向けた。

＊＊＊

その店は、ドゥオーモ広場から歩いて数分の大通り沿いにあった。ミラノの核心。

高級ブランドのファッションやデザイン家具、老舗《しにせ》レストランや銀行が軒を連ねる一等地だ。入り口に門番が立つような建物には、法律事務所や企業コンサルタント会社の名が並ぶ。元貴族などの屋敷街で知られる閑静な地区に隣接している。その深淵《しんえん》な隙間にぽつんと一軒、日本間でいえば六畳もあるかどうかという店構えである。

店主のクリスティーナとは、うちの近くで知り合った。早朝、春先の広場を自転車でさっそうと横切っていく女性がいた。黒いワンピースの裾を大胆に翻し、ハンドル前のカゴには布製の丈夫そうなショッピングバッグを放り込み、革のポシェットをたすき掛けして自転車で通りかかった。私と並んで歩いていた知人が、

「クリスティーナー！」

と呼び止め、いっしょにバールでコーヒーを飲んだのが最初だった。

会っていきなり、まるで旧知の友となった。ひとつ違い。数代続く生粋のミラノっ子。茶目っ気があるけれど無駄なお追従《ついしょう》など口にせず、飾らないように見えて品がある。

〈きっと古きよきミラノの出自に違いない〉

それが第一印象だった。

毎朝八時過ぎに、自転車で行くクリスティーナに会う。店の真ん前に停まるバスに

は乗らない。雪で凍結しない限り、雨でも風でも合羽《カッパ》を羽織って走る。たくましい彼女には三人の娘がいる。

背筋がしゃんとして気合いが入り、でも「なるようにしかならないから」と、おおらかな彼女には、贔屓《ひいき》が大勢いる。めり張りのきいた身体つき。低くかすれた声には、年齢性別不問でぞくりとさせる色気がある。染めない髪はほとんど白で、耳の上で短く切りそろえている。格好のよい耳にはいつも、大きなイヤリング。彼女の店は、宝飾店である。

初めて訪ねたとき、有名高級店や重厚な事務所を見上げていて、つい店を見過ごした。

「こっちこっち」

小さな一枚扉が開き、クリスティーナが手招きする。

「客が二人以上来ると、私は店の外に出て待ってるの」

愉快そうに笑うとおり、店内には置く余地がないのでショーケースはなく、壁や天井から宝石がぶら下がっている。雨垂れのよう。「ここにもほら」と、作業用前掛けのポケットからビロードに包まれた小箱を出し、見せてくれる。指輪。古びた台と爪に、くすんだ緑色の半透明の貴石が挟まっている。

店内に下がる無数のアクセサリーは、どれも単純な造作だ。さまざまな色の石が白い壁や木の梁《はり》を背後に宙に浮かび、間接照明を受けて内から鈍い光を放っている。見上げていると、星の中を泳ぐ気分になってくる。

父も祖父も、その前も、ずっと時計職人だった。手先と目が利き、ミラノの時を守ってきた。

「先達たちをすごく尊敬していたのだけれど、完璧な時を刻む、という仕事は私にはどうもピンと来なくて」

新しい時を刻むのが先祖の時計職人の仕事だったのなら、自分は過ぎた時間を取り戻そう。

〈家族の宝飾品をよみがえらせます〉

イタリアでは娘が嫁ぐとき、母は祖母から譲り受けた宝飾品を贈る習慣がある。由緒ある家なら、数世紀にさかのぼる指輪やネックレスがあるものだ。骨董《こっとう》の価値はあっても、恐れ多くて日常使いには向かず、金庫から金庫へ移るだけ。

「宝石は光を得て、輝くものでしょう？」

代々の女性の喜びを暗がりに閉じ込めてしまわず、今の目も楽しませてもらえるように。

クリスティーナは、時代から忘れられた小さな店でミラノの過ぎた時を受け取って磨き、デザインし直して、今に連れ出す。店に持ち込まれるのは、古めかしい宝飾品ばかりではない。むしろ宝飾品は店を訪れる理由付けであり、客たちは、父と、夫と、密《ひそ》かな相手と過ごした時間を、クリスティーナと共有するためにやってくるのである。客と向かい合うと、店は石に連れられて物語の中へ飛ぶ魔法の絨毯《じゅうたん》へと変わる。

毎日他人のために創っているけれど、自分のためのお気に入りの宝飾品はあるのか、と尋ねた。するとクリスティーナはいたずらっぽい目で笑い、おもむろに小卓の上で両手を広げた。手入れされた爪には、深い紫色のマニキュアがしっとりと艶を放っている。

「同じ色でランジェリーもそろえれば、最高の宝物のできあがり」

＊　＊　＊

いくつか結婚式に呼ばれたことがあるが、エリーザの式はとりわけ印象に残っている。
九月初旬、日灼けした花嫁の胸元とうなじを際立てるように、耳たぶと首にそろいの大粒の真珠が光っていた。ウエディングドレスはごく簡素だったので、花びらのように舞う真珠で新婦の健やかな美しさがいっそう映えていた。

リグリアに住んでいた頃、たまたま嵐の夜、停電に困って海に近い最寄りの駅に駆け込んだのがきっかけで、エリーザの家族とは知り合った。当時一家は改築した駅舎に駅守りのように住み込みで働いていて、初対面の私の訪問も厭わずに親切に対応してくれたのだった。

エリーザの両親は、北イタリア内陸の寒村生まれの幼なじみだ。そろって地元で鉄道員となったが、授かった一人娘はひどく虚弱だった。その村は冬が長くて日照時間は少なく、幼子は風邪《かぜ》をこじらせては肺炎になり、咳《せき》が長引いて喘息《ぜんそく》、貧血、食欲不振を繰り返した。「転地療養しかないでしょう」。医者から勧められ、わらにもすがる思いで勤め先に転勤願いを申請し続けて、ようやく異動命令が出た。命じられた先は、リグリア州だった。

早速オズワルドは休暇を取ると、幼い娘を抱いて電車でその町を見に行った。

五時間、いやもっとかかったか。これまで地元から出たのは、十代の頃に兵役で南部の駐屯地に派遣されたときくらいだった。人生で初めての旅。娘は青白い額を車窓に押しあてたまま、物も言わずに外を見ている。

いくつかのトンネルを抜けると、山々の合間が銀色に光っている。

わぁ。

エリーザ！〈海〉だよ。

異動先は、海にせり出すようにして建つ小さな駅だった。船の舳先《へさき》に立ったような眺めだった。

一家は、晴れ晴れと転勤。以来ずっと駅舎に暮らしてきた。待合室の一部は、一家の居間へと改築された。荷物預かり所はエリーザの部屋へと変わり、夫婦の寝室の窓からはホームの外灯がもれ入る。家を出ると、改札口。そのすぐ前に海が広がった。

小さな駅がにぎわうのは海水浴シーズンだけで、あとは電車が日に二、三本、停まるくらいである。ひなびた生活だったが、かけがえのない健康を娘に得て、

「とびきりの人生だと感謝していました」

しかし……。

オズワルドは不慮の事故で重傷を負い、職を離れることになった。皮肉にも、仕事

中に電車にはねられたのである。勤め先を辞すことは、住み慣れた駅舎をあとにするということでもあった。

「駅が、私たちを救ってくれたのよ」

妻に言われて、オズワルドは鉄道事故の補償や駅舎の居住権を巡っての訴訟は起こさなかった。


オズワルドの事故のあと、私は一家の気持ちを想像すると、海の駅にはもう行けなかった。そこへ届いたのが、エリーザの結婚式への招待状だった。

イタリアでは、真珠は涙、とされる。不吉を避けるために、祝いごとには着け控えるものだ。ところがどうだろう。今日というハレの日に真珠はたっぷりと陽光を受けて揺れ、エリーザの血色のよい頬や顎に反射している。

両親からの贈り物だった。大粒の真珠は、オズワルド夫婦が娘を祝って送り出すうれし涙なのだ。控えめに白く光る真珠は、飾り気のない父母そのものだった。

イタリアでは子を慈しんで、〈私の宝石《テゾーロ・ミオ》〉と呼ぶ。

＊　＊　＊

「石のことで、ちょっとご相談したいのですが」

スイスの知人が声を低めて言った。電話口では話しにくいと言うので、国境近くのイタリア側で落ち合うことになった。

面白い一帯である。イタリアとスイスの境界線を挟んで、あちらとこちらの諸事情に合わせた商売がある。物価高のスイスからは、国境を越えてイタリア側の青空市場やスーパーマーケットへ買い物にやってくる人、給油する車が引きも切らない。

一方、イタリア側からスイスへは現金の卸しに行くのである。ユーロだったり、外貨だったり。時価で分《ぶ》のよい貨幣を売り買いしに行く。旬の食材を買いに市場に行くのと同じである。どこの誰がどういう目的でいくらのお金を買ったり売ったりしているのか、わかっているけれど黙っている。秘密を守るのがサービスだ。秘めた資金が国境を往来する。ミラノから車でせいぜい小一時間の、最も近いけれど最もゲンキンな間柄の隣国だ。

知人は国境をまたいでは、あるときはスイス人あるときはイタリア人、を繰り返しながら暮らしている。合法かどうか知らないけれど、車のナンバープレートもスイス版とイタリア版と二枚持っていて、付けては外し、走っている。

彼女の夫の一族は、中世から続いた荘園《しょうえん》領主だったと聞いた。イタリア半島の土壌を築いてきたような名家である。荘園制度がなくなっても、血は残る。所有資産はもはや、国土の一部と呼んだほうがふさわしいだろう。

「今度、別荘にプールを作ろうかと思って」

素っ気ない店の奥の席に着くなり、知人はテーブルの上に丸めた紙を置いて話し始めた。紙は、コトリと硬い音がした。知人が目配せして勧めたので、私はその紙包みを手に取って広げてみた。薄く青みを帯びた光が、キラリ。

「多方面にお知り合いが多いから、よい買い手をご存じではないかと思いまして」

石の相談とは、ダイヤモンドの売り先を紹介してくれないか、という話らしかった。

イタリアの国土の一部を担うような家柄の人なのだ。代々、一族の宝飾品を担う専属の外商がいるはずだろうに。

思いがけない紙つぶてを受けて言葉を失っている私を見て、相談相手を見誤ったと察したのだろう。さっさと石を紙で包み直し、無造作にハンドバッグに放り込んで何事もなかった顔でほほえんだ。

ダイヤモンドの売買は、投資か装飾かで商路が異なることを初めて知った。

「時勢によって、石の値段も変動しますのよ。世界各地の株式市場での出来高を受けて、刻々と変動する為替や株価の相場と同じです。鑑定員がいて、投資用ダイヤモンドの国際価格を決めるのです」

鑑定書には、形状や重さ、輝き、表面の傷など、あらゆる特徴が詳細に記されている。その情報から価格が決められ、投資家の間で取引される。所有者についての詳細は、鑑定書には明らかにされないのかもしれない。身に着けられることもなく、石はキラリ、ころり、投資家から投資家へと渡っていく。計上されない資産だろうか。表に出ることもなく、箱にも入れられず、紙に包まれた宝物……。

インドやブラジル、アフリカで採れる原石の運搬から加工、交易のすべてを掌中に収めてきたのは、ユダヤ人だった。祖国を追われてからの流浪の商材として、軽小で便利であり、かつ高い価値を持つ宝石が適材、と、いち早くダイヤモンドに目を付けていたからだ。ダイヤモンドの価値は、研磨で決まる。専門職人たちはアントワープやアムステルダムといった、ユダヤ商路の交差点に集まった。

ダイヤモンドビジネスは原石から現金化まで、ネックレスのように一連に繋がっている。わずかな取りこぼしも見逃されない。役割は細かく分かれて、大元がすべてを統括している。巨大なシンジケートに厳しく管理されているからこそ、供給量も品質も価格も崩れない。数十億、数百億円の価値が付く石もある。プール造成のために石ひとつ売却するくらい、たいした話ではないのである。

ではいったい、知人はどれほどの〈家族の宝飾品〉を持し輿入《こしい》れしたのだろう。

「代々継承されてきた一五〇〇年代のルビーのブローチを贈られました。著名な肖像画にも描かれている、大きな玉と凝った装飾でした。ルネサンスを抱いて嫁ぐような気分でしたのよ。ところが母が亡くなったあとに鑑定に出してみたら、二束三文の紛《まが》い物だとわかりました。大きければよい、というものでもありませんわね」

彼女はふと思いついた顔で店員を呼び寄せると、テーブルにキャンドルを置いてくれないか、と頼んだ。

薄暗い奥の席に、ぽうっと明かりが灯《とも》る。知人はロウソクの炎の向こう側で、手をひらりと返して頰へ当てた。

すると、指の間から小さなきらめきがキラキラとこぼれ落ちていく。無数の星屑《ほしくず》が夜空を流れていくようだ。

ゆっくりと私の目の前に手を差し出した。薬指には二連のプラチナの輪に挟まれて、砂粒ほどのダイヤモンドが見える。

「『暗がりのごく小さな光を集めて輝いてこそ』と、夫が結婚祝いにくれたのです」

〈大きければよい、というものでもありませんわね〉

地響き

その知らせは、忘れた頃に届いた。

かねてから要請のあった地下駐車場に関して、ミラノ市役所から建設許可が下りました。つきましては下記のとおり、説明会を行います。尚、購入に際しては条件がありますので、ご確認ください。

××××広場駐車場プロジェクト委員会

差出人名には覚えがなかった。説明会への参加申し込み用紙と地下駐車場の完成予定のスケッチ画が同封されている。

建設予定地は、うちの前の広場らしい。もともとは旧市街と郊外を直結する道を通す予定で向かい側の建物との間を広く取ってあったのだが、戦後の復興計画に変更があったのか土地の所有権のもつれなのか、幹線道路を造る計画は頓挫《とんざ》した。宙に浮いたまま、通り抜けできない空き地として現在に至っている。人が集まる広場として造られたわけではないため、住人が留《とど》まり雑談を交わすこともなく、日光浴をする老人や赤ん坊連れも、サッカーや自転車で遊ぶ子どもたちもいない。皆、帰宅するのに素通りするだけだ。無整備のままの空き地は、料金がかからないのをこれ幸いと、野放図に車やオートバイを駐める場所になってしまっている。キャンピングカーや小型トラックを駐車する輩《やから》までいる始末だ。舗道に前輪を乗り上げ、建物の玄関ぎりぎりまで鼻先を突っ込んでいる。そういう車に限って、何日も、何週間も駐めっ放しになっている。私たち住人は、埃《ほこり》まみれの車と車の間をすり抜けて家へ帰る。都度、洋服で他人の車を磨いてやるようなものだ。腹に据えかねて警察や市役所に通報するが、「何か事件でも起きない限りは……」を繰り返すばかり。あまりに腹立たしいので、埃の積もったフロントガラスやボンネットに〈非文明人！〉〈私を洗って！〉〈車椅子で出られません〉など、指で書いてやる。するとたちまち煤《すす》混じりの埃で指先が真っ黒に汚れ、二度腹が立つ。

説明会の知らせが入った封筒を手に、一階に住むコンチェッタを訪ねた。広場を囲む建物の住人の中でも、彼女は古株である。

「ずっと昔、署名を集めて市に陳情したでしょう？　あれが今頃になって通ったのよ」

そう言われてやっと、〈地下駐車場建設の嘆願書〉に署名したことを思い出した。私がここに引越してきた頃の話だから、かれこれ三十年近く経っている。

「でもあの頃は、今ほどの窮状でもなかったのだけれどねえ……」

そのときどきに乗っていた車を介して、おぼろげな記憶を手繰り寄せてみる。

仕事で移動が多い時期だった。ステーションワゴンを二台、乗り継いだ。二台とも中古だったが、長い走行距離や悪天候、難しい地形も物ともせずによく走った。屈強な用心棒同然だった車が壊れたのは、この広場だった。しかも駐車中に。一台目は、免許を取りたての大学生が無断で父親の高級車を運転し、突っ込んできて大破。幸い大学生も含めてけが人はいなかったけれど、「中古を修理することもないでしょう」と、なじみの自動車修理工に言われて廃車にした。二台目は、車を出そうとしたところへ猛スピードでバックしてきた車に激突された。半壊。昼間だったので目撃者が多く、慌てて様子を見に走り寄ってきてくれた。ところがその人たちを押し退《の》けるようにして、激突した車の運転手が近づいてきた。心配してのことだろう、と窓を開けかけて男の形相にぎょっとした。

「てめえ！」

ギアを入れ間違えてぶつけておきながら、先に言いがかりをつけようと押しかけてきたらしい。幸い居合わせた人たちが取り押さえ、警察を呼んで事なきを得たが、「中古を修理することもないでしょう」。

職人の工房や長屋の集まる運河地区は、昔気質《むかしかたぎ》で情に厚い下町風情に満ちていた。懐古主義で人気を呼ぶ、と鼻の利くデベロッパーが地区を丸ごと買い上げ建物を分譲し始め、界隈《かいわい》は一変した。ミラノの流行は、イタリアの未来だ。投資目的で不動産を買う人たちが、他所からも殺到した。住宅や店舗新設ラッシュで運河は華やいだが、持ち主が住まない不動産が増えるにつれ、地区に対する愛情や責任感は薄れていった。運河沿いの樹齢の長い木々は残らず根こそぎ抜かれ、仕立店や建具師の工房は、賭博場や夜通し開いている立ち食い店、大音量が屋外までもれ聞こえるクラブに取って代わられてしまった。似たような安手の店ばかりが、開店と閉店を繰り返している。

古きよき地区は、没個性の遊興地へと変わった。週末や祝祭日の混雑ぶりは、度を越えている。訪れるのは、市外からの一見客だ。深夜を過ぎ未明を越え、早朝を迎えても引き上げず、路上で傍若無人に振る舞い続ける。不夜城と化した運河地区に集まる人々を目当てに、不法のアルコール飲料や薬《ヤク》の売人がやってくる。悪に悪が吸い寄せられて、行き止まりの空き地は格好の取引所となった。

街灯が少なく、暗がりが多い。そのうえ立錐《りっすい》の余地なく車やオートバイが駐められているので、いくらでも死角がある。そこで、文字通りの闇取引だ。

ぶつけられて車が壊れるくらい、たいしたことではない。ある冬の早朝、犬を連れて外に出たら、キオスクの店主が自分の車の横に立ち、こちらへ来るな、と私を遠ざけるような身振りをした。まだ薄暗い中、目を凝らすと、彼の車の下から足が伸びているのが見えた。誰？　寝ているのか、倒れているのか。……あるいは、死んでいるのか。

一時、平凡なファミリー向けの車の下側やマフラーの中に、取引したブツを隠しておく手がよく使われたことがあった。長らく駐車したままになっている車を選んで、現行犯で挙げられないように手渡しを避けて隠し置くのである。人目につかない場所なのだ。手に入れたら即、使用するのだろう。その場でラリって気絶したり、過剰摂取で死んだり……。

出勤時間になると、出ていく車と着く車が交錯する。出口のない空き地をめがけて、続々と車が入ってくる。

「おい、そこは俺がさっきから待ってるんだ。どけよ」

……若い女性は、無視して駐車する。

すぐ横が空いた。間髪を容《い》れずに奥で待機していたオートバイが突進してきて、真ん中に駐める。

「バイクは、端っこに駐めればいいでしょう⁉」

「妻が子どもを学校へ送り終えたら、ここへ駐めるんで」

「なんだって！　陣取りなんて卑怯《ひきょう》だ。降りなさい！」

小競り合いがエスカレートして、刃傷沙汰《にんじょうざた》になったことも一度や二度ではない。

私は仕事柄、車がないと動きが取れない。しかしもし家の前に駐車できたのなら簡単には車を出さず、徒歩か公共交通で、あるいはタクシーで移動するようになった。いったん駐めた車を動かしてしまうと、帰宅時に隙間を探して延々とさまようか、場所取りの醜い言い合いが待っているからだった。

空き地を囲む建物の住人たちで署名を集め、市役所に駐車場建設を陳情したのはそういう事情があった。

「どうせ造るのなら、たっぷりの収容能力を」

通知を受けて集まった説明会で、〈駐車場プロジェクト委員会〉の代表者は誇らしげに言った。

「地上は広場として残して景観を保ち、植樹でミラノの肺に澄んだ空気を送ります。木陰にはベンチを置き、憩いの場を設けましょう。駐車場を地下に配置すれば、土地が何倍にも有効に使えますから」

空き地を取り囲んで建つ集合住宅の所有者に、個人車庫を購入する権利が優先的に与えられるという。賃借人は対象外。それでも、地下四階分の台数を用意しなければ足りないだろう。

専用車庫があれば、毎朝毎晩、場所取りの罵詈雑言《ばりぞうごん》を耳にしなくても済む。無秩序や犯罪に怯《おび》えることもない。三十年近く待ち続けたかいがあった、と説明会に集まった私たちはうれしくてならない。

「ただし、ですね。買い切りではなく、九十九年間の限定で借地権を市から買うことになります」

顔を見合わせる住人たちに、車庫の価格一覧が配られた。

イタリアではよく、〈投資するなら煉瓦《れんが》に〉と言う。資産活用に不動産購入を考える人は多い。時が経てば経つほど、価値が上がるからである。

「これは……」

価格を見て、皆は押し黙った。郊外なら、ちょっとしたワンルームのマンションくらいが買える値段なのだ。

「えー、皆さん。車やオートバイは、家族の一員でしょう？　屋根の下に迎えるわけですから、それなりの出費は心算《こころづもり》していただかなければなりません」

説明役の男性は、皆の動揺に構うことなく慣れた調子で説明を続ける。委員会の紹介の欄を読むと、過去に委員会が建設に関わった大型駐車場が列記されている。市民運動の一環らしい。スタッフは老若男女が混合し、職種も教員だったり専業主婦だったり、研究者や工員と雑多だ。各々の本業に加えて、二足のわらじで駐車場建設の仲介と代行の仕事にも携わっているらしい。契約から税の優遇措置、代金の分割払い、火災保険やメンテナンスなど、順々に詳細な説明をしていく。「市民の問題は市民の手で解決していこうではありませんか！」

とはいえ、販売価格の一覧が配られると、集まった人のうち三分の一ほどは席を立ってしまった。家のローンが残っている人もいれば、育ち盛りの子どもを抱えた家もある。年金生活者にはゆとりがない。そもそも大枚をはたいても、自分のものにはならないなんて。

結局、優先権を持つ住人相手だけでは売り切ることができず、余った車庫は外部から希望者を募ることになった。

バリバリバリ。

耳をつんざくドリルの音で、朝が来た。

ドーン、ドーン、ドーン。

胸の奥まで響く鈍い音に、卓上のコーヒーカップも震える。駐車場建設のために、地質調査が始まったのだ。井戸か油田を掘るように、五、六メートルはある鉄杭《てつぐい》を地面に打ち込んでいる。車を一掃すると、敷地は広い。七、八階建ての集合住宅が三、四棟は悠々と建つだろう。その真ん中あたりに杭を打ち込み、地中の水と埋蔵物の有無と地下の土質を調べるのだ。結果次第で、建設ができない場合もある。

ドシンドシンと地響きに伴われて、プレハブ造りの仮設の事務所に入る。説明会で購入希望を提出した所有者たちから先に、委員会のスタッフと契約のまとめをすることになっている。まるで口頭試問日のように、面談の日時が記された書留が送られてきて、参加しなければ購入希望のリストから外されてしまうのだった。説明会の途中で大勢があきらめて帰っていったように、一対一の面談にも指定された日時に現れない人は多かった。

「こんにちは！　どうぞおかけになってください」

狭い仮事務所の中に入ると、女性は書類をまとめるのに忙しく顔を上げずに挨拶し、椅子を勧めようと、ふと目を上げて私を見た。

「あら！」

高い声を上げて驚いている。

「えっと、あの……ドゥー・ユー・ス、スピーク・イタリアン？」

英語は上手《うま》くないですが、イタリア語はなんとか。

答えかける私に女性はうんうんとうなずき、満面の笑みを浮かべると突然、ムーン、と喉の奥を鳴らしながら合掌し、深々と頭を下げた。東洋人に合わせて、どこかで見た仏教式の拝礼をまねているらしい。慌てて私も、立ったまま手を合わせて返礼した。

「ああ、やっぱり！」

彼女は、深くうなずいて拝み直している。

ドシーン、ドシーン。

間断なく地下深くから響き上る音は、広場の鼓動のようだ。

ひととおりの説明を終え申し込み手続きを済ませると、彼女は杭打ちの振動でリズムを取るように、ボールペンでコンコンコンコンと机を打ち始めた。目を閉じ手を合わせて、小声で経文のようなものを唱えている。

「駐車場をご縁に、テラでいっしょにお経を上げましょう。心の奥底に溜《た》まった澱《おり》を浄化いたしましょう」

〈テラ〉が〈寺〉だと気づくのに、しばらくかかった。

拝み続けるその人は、専業主婦だという。教育問題、暴力や差別、環境汚染や民度の低下……。新聞の見出しを読み上げるように世の中の問題を挙げて憤慨している。個人の自由と権利に関心があり、市民運動に参加するようになった、と言った。

「でも本当に解決しなければならないのは、各人の心の在り方です」

熱心になればなるほど、話は空《くう》に浮き目は遠くを泳いでいる。

空き地の蓋《ふた》が外れて出てくるものは、地下水や遺跡だけではないらしい。


どのくらい掘ったのだろう。数日後には試し掘りの装置一式は撤去され、早々に敷地の周りに高いフェンスが張り巡らされた。フェンス沿いに板を並べて住人用の通路が作られたが、二人すれ違うのが精一杯の幅しかない。アスファルトを剝がした下は粘土質の土で、雨が降ってもいないのにねっとりと濡れている。深い穴をのぞき込むと、底と側面から水が少しずつ浸み出している。浸食され、ふとしたはずみにフェンスごと底へとずり落ちていきそうだ。ぱっくりと大きな口を開けた空き地は数日で巨大な泥沼と化し、ミラノの曇天を映していっそう濁って見える。

仮設の事務所の前には、毎日行列ができている。水はけの悪い工事現場を見て、申し込みを取り消す人が出た。キャンセルの都度、事務所前には非居住者対象の繰り上げ申し込み枠数が掲示され、新たな希望者たちがやってくるのだ。

地下三階まではすべて売却済み、と聞いた。「最下層には水が溜まりやすい」「いや、地下一階には地上からの水が流れ込んでくるから」と、どの階が安全か、喧々囂々《けんけんごうごう》で場所取りが進んだ。

売れ残った地下四階の申し込み受付が始まった。昨日も一昨日も、先週も見かけた同じ人が、また今日も並んでいる。ひと目で見分けがつくのは、その人相のせいである。もう若くもないが、まだそれほどの年寄りでもない。髪を短く刈り上げ、長身にがっしりとした身体つきで大股で歩き、立ち止まると幅広の肩を怒らせ斜《はす》に構えている。厳つい印象だ。

一人一枠しか車庫は購入できないはずではないの？　とコンチェッタに訊きにいくと、

「同じ人に見えてね、あれは容姿も仕草もそっくりの三人兄弟と父親に祖父なのよ。一人の人間じゃなくて、五人だから」

と、肩をすくめた。三世代にまたがる五人の男たちは、通りの向こうでレストランを営んでいる。南部イタリアから移住してきた一代目が開業し、両隣や向かいを少しずつ買い上げて店を広げてきた。三世代目の今、界隈一の床面積の店だ。いまだに初代も二代目も現役で、店に立って四六時中、客や従業員に目を光らせている。

一代目は、数卓だけの食堂を始めた。同郷の妻が厨房《ちゅうぼう》を担当して南部の家庭料理を出していたが、二代目でバールを併設した。ある朝突然、前日まで軒下だった外壁沿いにカウンターが造られ、ガラスの引き戸で囲ってサンルームに変わっていた。その日のうちにアイスクリームを売り始めたので、界隈の住民は驚いた。食堂とサンドイッチ、アイスクリームとでは、免許も許可も異なるはずだ。そもそも軒先とはいえ、公共の舗道をガラスで囲い商売するなど、違法占拠ではないのか。

「もちろん通報したのよ、すぐに。税務署からは公共空間の使用税と滞納分の支払い督促をされたのだけれどね……」

お咎《とが》めは、すべて無視。いっさい、払わず。いまだに払わず。三代目になると、たまたま店の前の市道が車両進入禁止で遊歩道となった。これ幸いと、今度はかつての車道と舗道を使って目いっぱいに小卓を並べ、屋外レストランにしてしまった。住人たちが何度も市役所や警察に通報したが、今でも店は馬耳東風で、同様の手段でますます拡張を続けていくばかりである。

「まっとうなことをしていたら、到底無理でしょうね」

これよ、これ、と指で札を数えてそっと手渡すジェスチャーをしてみせ、コンチェッタは容赦ない。

従業員も動員して、「客用に」車庫を十数枠も購入するらしい。不動産転がしで価格が不当に高騰しないように、車庫使用権には厳しい縛りがあり五年間は転売できない。

「そんな規則、あの一家には存在しないも同然だわね」

ドシン、ドシン。

広場の心音が足裏に響く。穴の底にさざ波が立つ。その中をゆっくりと動くものがいる。あそこにも、こちらにも。猫と見まがうほどに肥えたドブネズミが、泥水の中を我が物顔で行き来している。

朝から晩まで、広場は爆音で揺れている。地下四階なら、その倍近くの深さを掘るらしい。掘り起こした土砂を運び出し、建築資材を運び込むトラックが間断なく行き交っている。基礎工事のドリルやコンクリートミキサー車、ショベルカー、鉄筋を打ち込む機械に加えて、重量の積荷のトラックのタイヤ音、通用口で大音量の警報ベルが鳴り渡る。

工事が中断する昼時になると突然しんとして、カラ、コロコロ、カラコロ……。

うちの壁の向こうから音がする。小さな何かが転がり落ちていくような。

耳を当ててよく聴こうとしたとたん、バリバリ、ドシンドシン、ガガガー。昼休みが終わってしまった。

マンションの管理人に不可解な〈転げ落ちる音〉を報告すると、その日のうちにメンテナンスの専門業者を伴いやってきて、マンションの屋上から外壁、うちのバルコニーを細かく点検した。バルコニーの植木鉢を動かしてみると、壁に斜線が走っている。手を差し込めるほどのひび割れだった。

「周囲の建物が、空き地の穴に向かって傾き始めているのですよ」

管理者は、よくあること、と平然と告げた。鞄《かばん》からガラス板を出し、ひび割れの上から絆創膏《ばんそうこう》を貼るように固定した。

「ひび割れが広がると、パリッとガラス板が割れますから。これから毎日、観察してください。訴訟になったら証拠になります」

管理人は淡々と説明し、慣れた様子で、日付の記録のためにガラス板を貼ったひび割れの横に新聞の一面を添えて写真に撮って帰っていった。

　食卓の上に置いた昼食のワインの飲み残しが、グラスの中で右に傾いている。

　それから工事が終了するまでの二年半、地響きがするごとにガラス板は割れ、カラコロと壁が欠片《かけら》になって落ちていく音が聞こえ続けた。小さなひび割れは建物を縦に貫く亀裂に変わり、存分に雨風がしみ入った。浸み込んだ水は時間をかけてあちこちに巡り、ある朝突然、天井からの水漏れを顔に受けて目が覚めた。あっという間に傘を差しても間に合わないほどの量となり、板敷きの床もベッドも反り返ってしまった。建物は出来上がってからも、伸びたり縮んだりするものだ。

「あと半年は様子を見ましょう。訴訟はそれからです」

　湿った壁にカビが生えて、緑色になった。

「そのうちキノコでも生えてきたら、訴訟で無敵の証拠になります」

　管理人は励ますように言った。いったい誰と戦うのか。ドシン、ドシン。広場の心音が耳によみがえる。この不穏を知らせる警鐘だったのかもしれない。

　地下四階を買い占め早々に転売した一家は、悠々と商売を続けている。

「まったく理不尽ですよね。テラでお経を上げて気を鎮《しず》めませんか」

新しく生まれ変わった広場のベンチに並んで座った例の祈禱《きとう》の女性が、さきほどから熱心にまた誘っている。九十九年は持つように、と御影石でできたベンチがずらりと並んでいる。まるで墓だ。心音の絶えた広場に向かって、そっと手を合わせてみる。

傷の記憶

それではこちらのフィリピン産の木製のにします、と私は店員に言いながらハッとした。日本からイタリアへの引越しを決め、ミラノで必需品を買いそろえているところだった。

一九八〇年代の終わり。ファッションとデザインでミラノが世界を席巻していた頃で、新素材を多用した斬新な形状や原色が町を埋めていた。そういうなかで私が選ぼうとしているベッドは、地味な外見の木製だった。無垢《むく》材を木組みで作り上げたもので、ベッドヘッドも付いていなければ飾り彫りもない。簡素だけれどしっかりとしていて、マットを取ればそのまま筏《いかだ》になり海原を渡って行けそうだった。樹脂やステンレスにはない温かさがあった。朴訥《ぼくとつ》な木に触れると、遠い日本に気持ちが飛んだ。

「きっと相性がいいでしょうね、アジアどうしなのですから！」

店員は、深い茶色の木枠を撫でながらうれしそうに言った。

倉庫も兼ねた広い店内のその一角には、他とは異なる雰囲気を持つ家具や雑貨が展示されている。ビニール材で編んだ似非《えせ》の畳もあれば、籐《とう》椅子や竹製のテーブル、ヤシの実をくり抜いたボウル、鏡の小さな欠片が無数に埋め込まれた象の置物や赤い中国提灯《ちょうちん》も吊るされてある。〈エキゾチック・コーナー〉と案内板に記されている。イタリア人の客たちはもの珍しそうに見て回るものの、結局は皮革製のゆったりとしたソファや鉄を鍛造してできたベッド、ガラス張りの三角錐《さんかくすい》棚といった、保守的な伝統家具を買っていく。

集成材や化粧貼りの木材を使い鮮やかにペインティングされた家具や、自分で組み立てられる白木使いの家具が出回るようになったのは最近のことだ。手頃な価格で、もっぱら学生の下宿や単身者の赴任といった仮住まいに使われることが多い。そうした例外を除けば、イタリアの室内には年季の入った家具が並んでいる。

かつて日本の引越し業者を取材してその手際のよさに感嘆し、ぜひノウハウをイタリアでも生かしたら、と私が勧めると、無理ですよ、と彼は即座に首を振った。

引越し業者というのは、各地の住まいの実態を熟知している。下手なインテリア特集記事を読むより、彼らに聞いたほうがよくわかる。

「家具ほど、『安物買いの銭失い』のわかりやすい例はありません」

手頃な価格で手に入る流行の家具は、小さい割にやたらと重い。引越しに出向き、分解して運び出し、着いて組み立てる。すると、作業の途中でネジが滑《なめ》てしまう。あるいは捻り続けるのに、留まらない。新種の家具の存在感は、不釣り合いな重さだけだ。賃貸の引越しに立ち会うときは新居に運び込む際に、家具の下にシートを敷くように客に勧めるようにしている。重さで借家のフローリングの床に傷を付けてしまうのを避けるためである。日本の賃貸物件は、壁に釘《くぎ》穴ひとつ床に擦り傷一本が付くのもご法度だ。せっかく安い家具で節約したのに、その重さが原因で原状回復のための修理費を払うことになっては本末転倒ではないか。廉価な家具が引き起こすだろう問題を引越し業者が見越してあらかじめ対策を助言する。

「その点、イタリアの家具はまことに重くて大きいですよね。一度、イタリアの骨董家具を運んだことがあります。ずしりとしたあの本物の感触は、今でも忘れられません」

引越し業者は手を見ながら言った。しかしその骨董家具はマンション内の階段をどうにも通れず立ち往生し、依頼主は泣く泣くあきらめたのだそうだ。

そもそもイタリアの家は、基礎から壁、天井まですべて石でできている。古代からの建築物だというのに、いまだに現役のものも多い。時が価値を加え、家は重みを増していく。まさに不動の資産なのだ。時間が経つほどに価値が目減りしていく日本の家屋とは、真逆である。

家は人なり。住居は、人々の生きた証を包み込んでいる。

代が替わると、家は次の世代へと内装もそのままに引き継がれることが多い。受け継いだ匙一本から、綿々たる家族の大河物語が掬《すく》える。絵画や書籍、照明器具やリネン類に至るまで引き継がれる家もある。中でも暮らしに必要不可欠な大型家具は、その家の顔だろう。居間の大テーブルだったり、書斎の本棚だったり。窓際に置かれた猫足のソファ。主寝室のベッド。天井までの観音開きの洋服簞笥。台所の食器棚。天板に大理石を載せた調理台……。代々の家長たちが何を大切に思い暮らしてきたか、主要家具から透けて見える。

設《しつら》えた家具は、内部を改築しない限り定位置から動かない。家という舞台の背景となって、日々繰り広げられる生活を見守っている。建具職人は家の顔となるような家具を受注すると、工房では家具を仕上げずに依頼主の家へ木材を運び入れて作る。一生ものどころか、何代も続く家の肝心要となるのだ。遺跡のような建物内のいびつな壁や床の表面にもぴたりと吸い付くように、ミリ単位でかんなややすりをかけていく。

仕立て職人が生地を裁断し、仕付け糸で印《しる》しながら服を縫い上げていくように。

家と家族の生活に寸分違《たが》わずに作られた家具は、外には出せない。出ていかない。

家の一部となって残る。


イタリアで地方の古道具市へ行くと、その手の大物家具に出会うことがある。遠い昔から突然、マンモスが目の前に現れたようで圧倒される。大きな食器棚は、もう元の色がわからないほどに黒光りしている。何代にもわたって厨房で湯気や煙を吸い込みながら、家族の食卓に寄り添ってきた。側板や棚には無数の傷が付いている。丹念に上塗りされて、傷は木の表面に沈み込んで模様となっている。傷は家具の年輪だ。引き戸に付いた真鍮《しんちゅう》の取っ手は、鈍色《にびいろ》に光っている。静かに開け閉めしてみる。棚の奥から、焼き菓子や香草、果実酒の香りがほんのりと漂い出てくるようだ。

洋服箪笥は見上げる高さだ。すっかり色あせた房付きの鍵が、扉に差し込まれたままになっている。恐る恐る扉を開き、奥をのぞき込む。昔の小説で、愛人が箪笥の中に慌てて逃げ隠れる場面を思い出す。

古くて大きな家具の間を歩いているうちに、巨人の王国に舞い込んだガリヴァーの気分になった。日本人の自分がイタリアで暮らすというのはこういうことなのか。

障子やふすま、縁台、欄間や和箪笥にちゃぶ台と、日本でそれなりに木には慣れ親しんできたつもりだった。屋外の気配を家に取り込むような繊細でたおやかな暮らしでは知ることのなかった木の威力と魅力に、イタリアで会う。堅牢《けんろう》な石の中、置かれたところに優しい温《ぬく》もりを育《はぐく》む。建物を父とすれば、家具は母のようなものなのかもしれない。

イタリアに来てからの暮らしは、引越しの連続だった。報道の業務に就き、ニュースや情報源を探して各地に渡り住んできた。出張などの短時間では掘り起こしにくいネタがある。それなら、住もう。引越すのは苦ではないけれど、困ったのは通信手段だった。仕入れたネタは、新鮮なうちに売りたい。確かな通信手段の確保は、報道業務の鉄則だ。幸い携帯電話が発明されすぐに手に入れたが、初代の機種は実に大きくて重かった。行く先々で直接繋がる、という意味では同じ電話番号を持ち運びできたのには違いなかったが、上手く利用するためには車が必要だった。開設当時の電波状態はどこでも劣悪で、繋がる場所を探し回らなければならなかったからである。大きくて重いショルダー型の携帯電話を助手席に載せ、シガーソケットから電源を取りながら電波を求めて山間《やまあい》から海辺を走り回った。定住するためだったのに、ますます放浪することが増えたのである。利便性を手にしたはずが、不便に足を掬われた。

携帯電話を運ぶだけなら小型車で十分だったのにワゴン車にした理由は、イタリアに来て初めて買ったあのベッドにあった。角柱四本だけを組んでできている枠は、自分で何とか分解できた。ワゴン車なら、後部座席を倒してトランクスペースから斜に渡せば角柱四本を積める。日用雑貨や他の家具はためらわずに処分できるのに、ベッドだけはそうできなかった。無垢材には温かみがあり生きているようでなじみ、とても置いてはいけない。助手席に携帯電話を座らせ、後部座席にベッドを寝かせる。どこへ引越すにも連れていった。そのうち携帯電話はポケットに収まるように変わり、車中の道連れは角柱だけとなった。

リグリアでの打ち身、ニースでの裂傷、折れる寸前だった国境の山奥、ミラノの大型犬の噛《か》み痕《あと》。

ベッドは各地からの引越しで、満身創痍《そうい》だ。傷の数だけ、移り住んだ土地がある。新宅に落ち着き無垢材をオイルで手入れしていると、各地で出会った人や情景、聞いた音、匂いが次々とよみがえる。木には、私のイタリア探訪の足跡が刻まれている。

細い獣道。険しい山道。都会の大通り。波打ち際。近道。行き止まり。

その上で眠るとき、唯一自分の領地に戻った気がする。

やむなくベッドを預けて引越したこともあった。サルデーニャ島で船上生活をすることになったからだった。

＊　＊　＊

「ここに触ってみてください」

大学生のジルダはふとワイングラスを置いてそう言うと、右手を開いた。引き寄せて、そっと触れてみる。すらりとした美しい手で、しかし中指だけが押し潰されたように平たい。指先の腹の中央が深くくぼんでいる。

「挟んで、ちぎれかけたのです」

自分でも指の傷痕を触りながら、「痛かった……」と、顔をしかめてみせた。

ジルダとはずっと昔、船上で生活していた頃にサルデーニャ島で知り合った。隣に碇泊《ていはく》していた船の子で、まだ乳飲み子の頃から父親に抱かれてよく港へ来ていた。甲板で昼寝をし、離乳食を食べ、歩くことを覚え、船尾に座って釣り糸を垂らし、マストによじ登り、帆を畳み、ロープを結び、星を読んだ。海とも船ともひとつになったような女の子だった。

　父親は遠洋漁業船の船長で、母港に戻るとすぐ自分の船へやってきた。木箱を筏の上に載せたような船だった。オランダ籍だったかイギリス籍だったか。珍しい船型は、蒸気船時代のものだと聞いた。彼は小さな木の船で独り、長い時間を過ごしていた。長期に及ぶ航海のあとに戻った陸《おか》に、何か事情があったのかもしれない。

　船室は狭い船底と繋がっていて、一歩入ると生き物の体内にいるような温もりがあり落ち着いた。船長席と舵《かじ》、椅子、さまざまな機器が壁一面に整然と埋め込まれ、低い天井も床も木でできている。彼と桟橋ですれ違うと、重ね塗りしたニスの匂いと染み込んだ潮の香、燃料の重油臭が混じり合った、海で暮らす者だけにわかる匂いがした。


「三つのときに船の屋根の上に寝転んでいて……」

　昼過ぎで、父親は船内で昼寝をしていた。幼いジルダはひとり遊びに飽きてしまい、外に出て屋根へ上がった。船は小さいので、沖合でも目立つように真っ白に塗られている。防水用の塗料が重ね塗りされぽってりとし、柔らかな掛布のように船体を覆っている。平屋根の上は四角形で、船と空の間に浮かぶ魔法の絨毯のように思え、ジルダのお気に入りの場所だった。初夏の陽差しが真っ白の屋根に反射して、眩《まぶ》しくて目を開けていられない。

うつぶせになり先方を薄目で見ると、黒い筋が見えた。そこからすうっと冷たい風が流れ出てくる。もっと近づいて涼もうと思い顔を寄せてみると、それは屋根に開いた窓の隙間なのだった。いつもジルダが、〈船の帽子〉と呼んでいる換気用の天窓だ。窓といってもガラスははめ込まれておらず分厚い一枚板だけでできていて、船の中から押し上げて開く。船には他にもガラスのはめ込まれた小さな窓がいくつかあるが、家の引き戸の窓のようには簡単に開閉できない。窓枠に付いているネジを緩《ゆる》めたり締めたりしてできる隙間から、空気が出入りするようになっている。潮の満ち引きを読み窓の隙間を調節し、船内に気流を作って換気と湿気抜きをするのだった。

ジルダは、薄く開いた天窓の隙間にワインのコルク栓が詰めてあるのを見つけた。

〈あれを取って転がしたら、面白いかも！〉

這《は》い寄って、隙間からコルク栓を引き抜いた。

バタン、と鈍い音。幼い悲鳴。

天窓は、ジルダの小さな中指を挟んだまま閉まった。金切り声に飛び出した父親は身悶《みもだ》えして泣くジルダの手を固く握り締めながら、満身の力と細心の注意で天窓を引き上げた。

「まだ付いてる」

ひと目見て叫ぶと、小さな手を自分の手で固く包み込んだまま娘が暴れないようにしっかりと抱き直し、栈橋を走った。

小動物のように全身を震わせてうめき声を上げる娘を抱いて駆けてきた父親に、待ち構えていた港湾警備所の職員たちがいっせいに駆け寄る。普段は沈着冷静な大型船の船長だろうが、自分の幼い娘がけがを負ったのだ。

「コマンダンテ《指揮官》、しっかりなさってくださいよ!」

女性職員の一人が氷嚢《ひょうのう》に大量のガーゼ、タオルを用意し、父親の口元にショットグラスを差し出す。

「さあ、一気に飲み干してください」

水に見えた透明の液体は、島産の強い蒸留酒フィル・エ・フェッルだ。間髪を容れずに別の職員が脇に回り、手早くジルダの上腕をゴムバンドで締め上げる。

「さあ乗って!」

自分の車から所長が降り、後部ドアを大きく開けながら叫ぶ。港は島の突端にある。

近くに救急病院はない。どこへ駆け込めばいいのか、近道はあるのか、など咄嗟《とっさ》に状況判断ができない。気が動転していてはなおさらのことだ。第一、運転どころではないだろう。

そうこうするうちにも、ガーゼはみるみる真っ赤に染まっていく。

「ジルダ！　ジルダ！……」

父親の顔から血の気が引いていく。

「救急車やヘリを待つ間に、先へ運べます。私が最速でお連れしますから、どうか落ち着いてください」

幼子の悲鳴に続いて父親が桟橋を走ってくるのを見た時点ですぐ、所長は一番近くに住む医者に連絡を取った。専門は外科ではないが、診療所に行けば最低限の医療器具や薬剤がある……。

押し潰れた間から骨が見えていた指は、そうして残った。

あの木造船はずいぶんと傷んでいた。あちこちがゆがみ、板の縁が欠けていたりした。夏だったので木の湿気は抜けて、引き締まっていただろう。天窓代わりの一枚板が閉まっても屋根には密接せずにどこかが浮き、いくらかの隙間があったのかもしれない。

「ワインを飲むたびに、あのときの父の手や桟橋を走る足音、港の皆の声、船の木の香りを思い出します」

コルク栓を中指で転がしながら、あの頃、陸に戻ってきても独りで船に籠もりきりだった父親の気持ちを思う。

自分が窓からコルク栓を抜き取ったのは、果たして稚気のせいだけだったろうか。

＊＊＊

木は、生きているときも姿を変えても、私たちを静かに見守ってくれる。口数の少ない、優しい友人のようだ。森を歩くと、思い出す人がいる。

その港に一軒だけのバールで知り合ったリッキーは、風変わりな男性だった。五十過ぎだというのに、いつも内緒話するように小声で話した。皆、慣れているらしく、誰にともなくヒソヒソと話し続けるリッキーに耳を貸す人はいない。たまたま隣に居合わせた私は礼儀と好奇心と半々で、ずっと低く流れる言葉を一生懸命に拾った。

「一年もかけて、中国から樹齢千年の木が貨物船で運ばれてくるんだよ……」

「しかも盆栽」

「巨大だから、正確には盆栽じゃないんだけどね」

「ミラノ郊外の園芸店が買い付けたんだ。店主は婿養子でね。妻の実家の家業を継いだんだが、それが葬儀専門の花屋でさ」

「確実に儲《もう》かるけれど、供花ばかり売るのはさみしいよ」

「だから、盆栽専門店に転身してね。巨大な盆栽は、その宣伝なんだ」

延々と続く独り言を私が途中でさえぎり、やっとのことでリッキーは何が専門なのかを尋ねた。変わったことを訊くなあ、と彼は目を見張ってから、

「風水です」

内緒声でまじめに応えたので、私はワインを噴き出しそうになった。

食卓の皆がそのときだけいっせいに私のほうを向き、〈彼には要注意〉と、目で警告した。

まだイタリアでは盆栽はさほど知られてはおらず、ましてや専門店があるなど聞いたこともなかった。樹齢千年の盆栽にも興味津々《きょうみしんしん》で、リッキーに頼んで店へ連れていってもらうことになった。

待ち合わせに訪れた彼の車は、見物《みもの》だった。家がそのまま車に乗ってきた、というか。オールシーズンの衣類に始まり、靴に帽子。助手席には鍋やチーズおろし、木《き》

杓子《じゃくし》が見える。パスタや瓶入りトマトピューレ、オリーブオイル、ツナ缶、乾パンが段ボール箱にぎゅうぎゅう詰めだ。大きなタライの中に洗面用具一式。水中メガネ。ローラースケートがあるのは、どういうわけだろう。奥に丸めてある毛布。右奥から左前に引っ掛けてあるのは、ハンモックだ。後部座席の背に、ジャスミンの蔓《つる》が垂れている。自動車の後方に回ってみると、バジリコやサルビア、オレガノなどが隙間なく並べてあった。

私は心中密かに自分と似た生活スタイルに驚いていると、

「出て行くように言われてね」

妻と別居中の仮住まい、ということらしかった。

リッキーの本職は、建築家である。オールバックで肩に流した髪をときどき耳に掛け、顎ひげを撫でる様子からは、八卦見《はっけみ》と言われても誰も疑わないだろう。幼い頃から自然現象に興味を持ち、動植物から微生物、鉱物、天文にも精通している。代々建築を手がけてきた一家に生まれて家業を継いだ。先祖の代からのよしみを通じて、店舗や屋敷の改築、一戸建ての別荘も引き受けてきた。彼の家造りの根本は、もちろん自然志向だ。原産地の日照時間まで調べて木材を仕入れる凝りようで、彼が関わると納期は大幅に遅れた。それでも、「リッキーが造る家は息をする」と、評判はよいのだった。

さて盆栽専門店に着くとすぐ、リッキーはポケットから絹糸で結わえた小石を取り出して、目の前にぶら下げた。「道案内してくれるんだよ」。小石の揺れに合わせて、併設された温室の奥へどんどん入って行く。途中、蝶々《ちょうちょう》を見つけて立ち止まり、落ちた花びらを拾い上げ、果実の下を通らないよう回り道をしたりした。

目の前に樹齢千年の盆栽が現れた。生い茂る葉の下に無数の気根が垂れ下がり、一本の木でありながらジャングルを前にするような眺めである。本来ならとてつもない大樹に育っただろうこのミニチュアの木の中に、千年の時が凝縮している。幹と枝に刻まれた深い筋は、嵐や干ばつ、落雷で負った傷のようにも見えるし、苦難を乗り越えてきた老木の皺のようにも見える。

幾重にも筋が絡まる根にそっと触れながら、リッキーはヒソヒソと上のほうに向かって話し、時々深くうな垂れている。

建築家のカーディガン

雑誌が全盛時代の日本ではシーズンごとにファッション特集が組まれ、きまって〈イタリアの人がお洒落《しゃれ》な理由《わけ》〉が取り上げられたものだった。イタリアのミラノコレクションがその斬新さで人気を呼び始めた頃で、ずっとパリ一辺倒だった日本もミラノファッションへ興味が動いた。

特に男性誌は気合いが入っていた。長らく日本の男性ファッションといえば、オンのスーツかオフのゴルフウエア程度で、種類も個性もほとんど無いに等しい状況だった。せいぜいネクタイか腕時計で冒険するぐらい。イタリアの革靴が品質もよくて洒落ていると知ったところで、甲が高く足幅は細くて靴先は尖《とが》って長く、どうにも日本人の足の形にはそぐわない。熾烈《しれつ》な通勤を経て会社に到着するや、湿気の多い日本のこと、蒸れる革靴から社内専用の楽な靴やスリッパに履き替える人も多かった。勤めに熟《な》れるほど会社は第二のわが家へと化し、外から会社へ戻るとまず靴を履き替えて落ち着く、というようなところもあったのかもしれない。

洋服も同様だった。働く男性たちの大半は、平日を通勤服や作業着、職種ごとの制服で過ごす。事務職サラリーマンは自由に好きなスーツを着ていいのに、まるで制服のように、色もデザインもその他大勢と同じになるように選んだ。平日の仕事着は、いわば戦う服なのだ。たとえミラノスタイルが格好よいと思っても、いきなり世界のトップファッションを自分の日常へ持ち込んでも目立つだろうし、洒落てどうなる。量販店で吊るしのスーツを、前回買ったものと代わり映えしなくてもいいから洗い替えも入れて数着買うほうが、実情に適う気楽な買い物だったのだろう。

そして一九八〇年代、突然、日本がバブルに沸いた。

〈もしかしたらこの俺も、十年一日の毎日から脱却できるのかも〉

雑誌社は俄然《がぜん》、張り切った。一流ブランドからディフュージョン、そしてイタリア現地でも聞いたことがないブランドまでが、毎号誌面を埋めた。それまでは見て楽しむだけだった憧れのハイブランドも、特需のような好景気のおかげで手の届くそこにある。

〈ゴルフウエアや野球帽、ジャージ以外に、オフのファッションがあるなんて〉

〈イタリアの男たちはもう若くはないのに素足で革のスリッポンを履き、カラーパン

ツに赤いフレームの眼鏡をかけているぞ〉

〈長めの前髪をジェルで固めてオールバック、だな〉

〈黒の革ジャンパー！　そうか、一般人が着てもいいのか〉

……。

ミラノに、モンテナポレオーネという高級ブランド店が並ぶ通りがある。ミラノコレクションが流行り始めると、この通りを巡礼のように大勢の旅行者が目指した。イタリアへのパックツアーを、名所旧跡巡りやオペラ観劇より買い物旅行として利用する人が増え、自由時間にはモンテナポレオーネ通りが必ず組み込まれるようになった。日本でも名が知られたブランドになると、自分に似合うかどうかはさておいて、まずは手に入れておかなければならない。土産として便利な、軽くてかさばらないスカーフやネクタイ売り場は、連日日本人客で大にぎわいである。

「ここからそこまで、全部」

恰幅《かっぷく》のよい男性客は店に入ってくるとネクタイ売り場へ直行し、ショーケースの中に並ぶ品を指差し高らかに日本語で命じている。後ろに並んで、自分も買おうと思っていた日本人客が、

「え、全部買うんですか？」

不服そうな声を上げると、〈文句あるか？〉。先客は、振り返ってジロリとにらみ返している。せっかくの楽しい自由時間が、とげとげした空気で台無しだ。

日本からの複数の団体客が、同じブランド店で一堂に会する。他の人の買い物を横目で確認しながら、自分も似たようなものを買う。大勢いても、皆、買うものは同じ。イタリアに来ても、結局、制服好みは変わらない。

イタリア男性の着こなし術は、ブランドを主体にしない。ブランドに頼り過ぎると、洋服に負けて自分の個性が隠れてしまう。お腹《なか》が出ているのも腰の位置が低いのも、撫で肩も、自分の特徴であり欠点や弱みとは考えない。短所こそチャームポイント、と共存する道を選ぶのである。既製服に合わない身体を無理して押し込まなくていい。

イタリアの高級ブランドのスーツは、結婚式やパーティー、子どもの洗礼式、あるいは大切な人との外出着など、ハレの場面のためのものが多い。日常を脱し自分にスポットライトが当たり、着るだけで周囲までが華やかで幸せな気持ちになるような服である。自分を熟知していれば、ハレの着こなしは舞台演出をするような醍醐味《だいごみ》がある。日本人はイタリア男性に対して、ラフ、という印象を持っているけれど、実際には衣食住すべてにおいて伝統と古典を遵守する。正式な場面では、彼らは英国調を基とする。イタリアで評判のよい仕立て職人の型紙の原点は、英国にある。

ダンディズムを英国に倣うなら、イタリアは伊達《だて》の本家本元だろう。ただ緩めたり外したりするだけでは、伊達の道は極められない。奇抜や派手とも違う。基本を英国調で押さえている彼らは、崩し方も心得ている。イタリアのブランドがスーツを作るときは、そういう外し上手を踏まえた上のことだ。当意即妙は、高い技や感受性があって成り立つもの。自分なりの着こなしはアドリブのようなもので、長年かけて基本を習得したあとだからこそ挑戦できる。イタリア男性にとって、服を着ることは生きている証明に等しい。

だから彼らは初対面の人と会うとき、瞬時に相手の靴から帽子まで視線を走らせる。高級かどうかやセンスのよし悪《あ》しではなく、身繕いから人となりを読もうとしているのだ。

一時日本で一世を風靡《ふうび》し、これぞイタリアンファッションと思われてきた、ちょっと遊び人風のスタイルは、創作された似非である。

日本人観光客はそうとは知らずに、現地のブランド店で記事の切り抜きを手に、掲載された全部をそろえようとする。

〈あの洒落感をてっとり早くまといたい！〉

上級編のブランドスーツに、替えジャケット。肩にパットが入っていたり幅広の肩が落ちるラインだったり。絞ったウエストに詰まった襟元。襟は幅広。チャコールグレーに太い白のストライプの生地に、原色の大柄がうねる裏地。スーツパンツは、タック入りでダブルの裾。「ハイソックスのガーターベルトは何色になさいますか」と、店員が訊く。〈おい、ガーターベルトって何だ？〉

……。

次々とジャブが放たれる。勇んで試着してみると、鏡には日本製の衣紋掛《えもんか》けにぶら下がった、魂の抜けたイタリアンスーツが映っている。

「撮影スタジオに使える、自動車修理工場跡を手にいれることができてね」

広くて天井には相当な高さがあり、住宅兼用に改築したのだという。インテリアデザインを専門とするカメラマン、タニーノと建築専門誌の編集者であるナナから、新居の完成記念パーティーに招かれた。二人ともとうに還暦を超えている。長年、恋人としてのつき合いだったが、通い婚のような関係をやめて、いよいよ同居を決めたという。それぞれに他の人と暮らした過去があり、自分の子どもがいて昔の相手にも連れ子があり、互いの親兄弟に友人、仕事仲間、子どもたちの友だちやその親たちが始終出入りしていた。各自の事情を引き連れて、一軒の家に住むなど無理だった。いくら過去の人とはいえ、相手の昔の連れ合いと鉢合わせするのはあまり気分のいいことでもない。それぞれの過去は銘々の家で対処し、しがらみでがんじがらめになると、共同で借りていた仕事場へ逃避してきた。やがて巣立っていった子どもたちは、季節ごとの衣替えのために家に立ち寄る程度となったので、それぞれの家を処分していっしょに暮らすことにしたのである。

デザインと建築はファッションと並んで、創るミラノの肝心を成す。運河地区には数多くのアトリエや建築設計事務所があり、一種、産業城下町のようになっている。内外から生え抜きが、綺羅《きら》、星の如《ごと》く集まってくる。独創性が売り物の業界だ。自分をいかにアピールできるか、住人たちは着こなしの達人でもある。

強者《つわもの》が集う中でも、若い頃からタニーノとナナはひと際目立っていた。そろってぜい肉のない長身に、頭が小さく目鼻が大きい。タニーノは焦げ茶色の縮れ毛の頭を二分刈りにし、濃い眉は長いまつ毛に連なって目をいっそう黒々と深く見せている。細くて長い手足で優雅にふるまう姿は、丹頂鶴のようだ。リーバイスのブラックジーンズにブルックス・ブラザーズのボタンダウンシャツの袖口を折り返し、レイバンのサングラス《アビエーター》と決まっていて、冬になるとフランス空軍のフライト・レザージャケットが加わるだけである。靴は、英国製チャーチの黒。不朽の定番の組み合わせが、タニーノの非凡さを引き立てる。

ナナは明るいオレンジ色に染めた髪をベリーショートにし、抜けるような白い肌に碧眼《へきがん》である。十代にキャットウォークで活躍していた頃から、肢体のサイズは変わらない。優しい撫で肩に、堂々としたバストからぐっと締まったウエスト、張りのよいヒップへのラインは、いかにも地中海の女性らしい。夏は白い服で、冬は黒。一年を二色で暮らす。手首にはインドのガラス製ブレスレットを色違いで重ね着けしたり、肩に触れるほど大ぶりなアフリカ製のイヤリングを揺らせている。

春夏に新しい流行が発表され、秋冬に押し出されて消えていく。ファッションの動きにインテリアや日用品も合わせ、色形を変えて流れていく。走馬灯のような世の中で、タニーノとナナは灯籠《とうろう》の真ん中で動じることがない。初老となった今でも、業界の基準点である。

二人の新居は、運河沿いを市外に向かって車で十分ほど走ったところにあった。以前の住まいがあった旧市街からは、かなり離れている。路線バスの本数は少なく、車が必要だ。仕事の全盛期なら、不便でとても住めなかっただろう。それまでの二人の仕事場からは、美術館やギャラリー、劇場や映画館には歩いて行けたし、近所のバールに寄ると必ず誰かしら同業者と行き合い、情報交換もできた。料理せずに、近所の店で好きなものを楽しめた。キオスクは広場や通りごとにあるし、裏道にはお気に入りの小さな書店があった。

ところが、新居ではそうはいかない。バールは路線バスの停留所前に一軒あるだけで、サッカーくじの当落がその日の一大事というような店である。ブティックどころか、そもそも店がない。小さなよろず屋が一軒あり、ちょっとした食料品から雑誌、バスの乗車券まで何でも売っている。通りを行き交うのは、ヨーロッパ系ではない外国人も多い。ほとんどイタリア語は話せず、怯えた目をした移民たちは生きるのに精一杯の様子で、なりふりに構っている人はいない。素材も色もバラバラな古着を、コラージュのように、ミルフィーユのように、合わせて身に着けている。

ミラノの中の、見知らぬひなびた村へ入っていくような印象だった。

タニーノとナナのヒリヒリするモードなたたずまいを思い浮かべ、これから近所づき合いはどうするのだろう、と思った。

運河を背にして通りを二、三本ほど中に入ったところに、彼らの新居はあった。周囲には、古い建物が一軒もない。石畳もない。アスファルトで舗装された道に面しているのは、白濁色の箱型の建物ばかりだ。凹凸のない建物が連なる集合住宅は、のっぺりとして区別がつかない。

ミラノは戦禍で街並みの大半を失ったことが戦後の復興にはむしろ幸いして、ゼロから新しい産業を興して著しい発展を遂げた。未来の象徴で、各地から大勢が集まった。新しいミラノを底辺から支えたのは、地方からの移住者たちである。労力である地方出身者たちへ廉価な住まいを供給するために、ここに集合住宅が建てられたのである。故郷とメンタリティー、生活習慣を異にする人々が集まって暮らしたこの一帯も、時が経ち二世代目、三世代目へと移っている。老後は故郷に戻った人もいれば、市内へ引越した人もいる。運河は郊外で自然の河川に繋がり、ほうぼうへ流れていく。水の流れは、この町の興り方を見るようだ。

ミラノでありながらもうミラノではない、牧歌的な風景に惹《ひ》かれて、市内からわざわざこの地区へ引越してくる人もいる。歴史的中心部には、ミラノを地元とする元貴族たちが住んでいる。由緒ある屋敷をあとにして、都会の中に忘れられたように存在するこの田舎へ住むようになった末裔《まつえい》もいる。

特徴のない四角い箱から、濃紺の乳母車を押して若い母親が出てきた。白いレースで縁取りされた小さな日傘が乳母車に差しかけられ、優しい日陰を赤ん坊に作っている。若い母親は取り立ててどうという格好ではなかったが、かえってその地味さが目を引いた。乳母車と同じ濃紺のワンピースはシンプルなノースリーブのひざ丈で、彼女の動きに沿って裾がしなやかになびいている。仕立てたのかもしれない。遠目には乳母車とひとつになって見え、子どもを愛《いと》おしむ母親の思いを見るようだ。

かつて自動車修理工場だった建物の中にあるタニーノとナナの新居は、屋根が平らで、中庭の上の小さく切り取られた空に横線を引いている。ごく簡素な外観に、タニーノのいつも変わらないボタンダウンのシャツとジーンズが重なる。

「オートロックを開けたから、どうぞ入っていらっしゃい!」

室内に入ると、一八〇〇年代が広がっていた。以前の家から持ってきた家具は、それぞれの家に代々引き継がれてきたものである。床は打ちっぱなしのコンクリートを縁に、陶器や磁器の割れ片が埋め込まれ絨毯を敷いたようだ。奥の壁面に大きな窓が開き、ドイツ製のシステム・キッチンがビルトインされている。宇宙基地か実験室のように見えるが、柔らかなオレンジ色の大理石や古木の梁がステンレスと絶妙な調和で、少しも冷たい印象はない。

ナナはカーフのバレリーナシューズを履いて、ぽってりとした素焼きの大皿に焼きたてのフォカッチャを盛り、客の間を縫っていく。メインのテーブル以外にも、乳白色のリネンの掛かったサイドテーブルがいくつか用意してある。クロスの隅には、白でイニシャル〈N〉の花文字が手刺繡《ししゅう》されている。曽祖母が結婚するときに、その母が持たせたものだ。

「曽祖母も〈ニーナ〉だったから」

名前を受け継ぎ、血筋を敬う。

次々と人が訪ねてくる。建築学部に入りたての学生もいれば、杖《つえ》頼りの年輩者もいる。ワインを提げてくる人、菓子包みを差し出す人、詩集を贈る人……。人によって体感温度は異なる。入り口にはウールのコートが重なり、ソファではスペインの扇子で扇《あお》ぎながら話し込む熟年の女性もいる。クラシック音楽のピアノ演奏が、低く流れている。奥のほうでは中年編集者が独り、アコースティックギターを爪弾《つまび》いている。ここには季節も場所も時代も境が存在せず、訪れた人たちは自分の居場所を見つけて自由に聞いたり話したりしている。

タニーノの周りには、若いデザイナーやカメラマンの助手、記者などが集まっている。

「そろそろプロフィール用の写真を撮っておこうかと思うのですが、何かアドバイスをいただけませんか」

重要なコンペに応募することが決まった若いデザイナーだ。

「そりゃあ、男も女も襟のある服でないと駄目でしょうね」

横から新米記者が訳知り顔で意見する。

「僕の公式写真は、これだけどね」

タニーノが本棚から自作の写真集を引き出した。真っ黒のサングラスにいつものボタンダウンシャツである。

「えー！　サングラスなんですか⁉」

写真をのぞき込み、若者たちがどよめく。

「自分の見せ方は、クリエイターかどうかにかかわらず重要なこと。いったん自分のイメージを決めたら、ぶれないことだね。たしかにジャケットやネクタイ着用は、きちんとした印象を与えるだろう。でも肝心なのは、自分が着ていて快適かどうかだから。そもそも英国生まれのスーツを、気候も生活習慣も違うイタリアでも絶対のスタイルとするのは無理があるかもね」

ナナが古いスクラップブックを見せてくれる。これまでタニーノが撮ってきた人物写真がまとめてある。男性編。企業カタログや履歴書、インタビュー、書籍などに掲載するためのプロフィール写真だ。企業人のスーツ姿を除いては、替え上着やシャツ、ポロシャツ姿もいる。

「これも正式の範疇《はんちゅう》よ」

写真の中でブックデザイナーが、黒のタートルネックのセーターで腕組みしている。同じセーターでも、VネックやUネックはNGだ。ヴェストもカーディガンもフォーマル扱いはされない。

ああでもないこうでもない、と皆でにぎやかにスタイル論を交わしていると、いつのまにか輪のそばでニコニコしながら話を聞いている男性がいる。二人と同年輩の友人で、建築を始め家具や照明器具などデザイン史に残る名作を創ってきた。難解な理論派としても知られるが、小柄で猪首《いくび》、撫で肩に豊かな腹回りはぬいぐるみそのもので、ほほえましい外見だ。

「腹回りに合わせてタートルネックを買うと、肩は下がって肘《ひじ》あたりまできちゃうし、裾はひざまで届いてしまうからね」

だから僕はこれ、と彼はポーズを決めてみせる。ショールカラーのカーディガンは深くV字に開いて、顎が食い込む胸元をすっきり見せている。薄いベージュを基色に、何色もの明るい色が編み合わさっている。よい素材なのだろう。糸が光沢を放っている。ボタンをすべて留めてポケットに手を入れて立つのもよし、前を開いて腰に手を当ててみるのもよし。ズボンは革製のサスペンダー付きで、プレスの効いた綿シャツを蝶ネクタイが飾る。

「おお、よく来てくれたな！」

無彩色のタニーノが立ち上がって、建築家のカーディガンの丸い肩に手を回す。真っ白のワンピースのナナは、背後から自分の胸元に小柄で丸い建築家を包み込むようにして歓待する。華やかなカーディガンの裾が揺れる。

白いキャンバスと淡い影を得て、小さな花や生き物が彩り鮮やかに舞う一枚の絵画を見るようだった。

迷える庭園美術館

幼い頃、小石や貝、ビール瓶の蓋に昆虫など、無数の小さなガラクタを密かに集めて大切にしまっていたのは、圧倒的に男の子のほうが多かった。他人からすればどうでもよいような物ばかり集めていた少年たちが長じて、切手から時計、そして葉巻やワイン、自動車へと熱が高じ、趣味や余興の範疇を超えていく。集めた物を自慢したいような、独り占めしておきたいような。披露するにも隠し持つにも、コレクションは場所を食う。

「とうとう入りきらなくなってしまったのよ」

ルドヴィカが肩をすくめた。口ぶりとは裏腹に、目は嬉々《きき》としている。染めた金髪を大雑把にポニーテールにまとめ、化粧っ気のない顔、紳士物のシャツの袖をまくり上げてジーンズ姿だが、彼女はもう七十近いはずだった。背筋はまっすぐでぜい肉がなく、さばけた話し方には、ミラノの屋敷街の強いアクセントがある。

入《い》れる場所がなくなったのは、夫が長年かけて蒐集《しゅうしゅう》してきた美術品である。

私が洋裁店でルドヴィカと知り合ったのは、二十年余り前になる。その店は裾や袖丈直しは取り合わず、特注ばかりを扱っていた。看板は掲げず、一見はお断り。ひっそりとした住宅街の半地下に店はあった。どんなにややこしい注文にも少しの間違いもなく仕上げて、着道楽の間で知る人ぞ知る店だった。時間と金銭にゆとりのあるような人たちは、かかりつけの医者や美容院と同じように、親しい仕立て店を持っているものだ。

ルドヴィカの評判がよかった理由のひとつに、長い時間をかけて行う仮縫いまでの雑談があった。美しい生地や糸に囲まれて、静かなアトリエでお茶を飲みながら話す。好みや要望を聞き取るばかりではなく、他愛ない世間話に始まり身の上話、心配ごとを打ち明けるような場でもあった。診察室のような、サロンのような。客との話にミラノの深い奥行きが見える。ルドヴィカは丹念に話を聞き、客自身も気づいていなかった願望までを読み取って、依頼された以上に仕上げた。彼女が縫製した服をまとうと、男性も女性も自《おの》ずと洗練された立ち居振る舞いになった。低い腰の位置や撫で肩、丸々とした下腹がどうした？　彼女の手にかかると、ボディラインの劣等感はたちまちチャームポイントへと変わった。

「魔法の服！」

絶賛され数カ月や年越しの順番待ちも珍しくなかったが、それほどの評価を得ても彼女はブランド化して売ろうとはしなかった。客から頼まれた通りに作る職人に徹したのである。人を増やして商売を大きくしようともしなかった。時間をかけて築いた関係を大切にし、世の中の流行りすたりに迎合しない頑なさがまた好かったのだろう。

何年か経ち、店は憧れとステイタスの代名詞になった。ミラノの奥座敷のようなところがあった。新鋭の職人だったルドヴィカも、今やもうヴェテランである。パターンや裁断の腕前はもちろんのこと、素材や人を見る目や商才にも長《た》けていたし、何より古きよきミラノに精通していた。彼女自身が代々、屋敷街に居を構える家で生まれ育ったからである。

ミラノは実利の町である。特産品は、お金だろう。イタリア半島北部の国境に近い地の利を基盤に、物資の経路として長く栄えてきた。物が動けばお金は回り、人も集まる。情報の流れが生まれる。ミラノには、歴史に裏打ちされた誘引力がある。

二つの大戦で町は大破され機能を失ったが、それがかえって功を奏した。旧態依然が一掃されたあと、立て直しで新規を取り込み、戦後の復興特需を呼び込むきっかけとなったからである。失って得た、のだ。

ゼロからの再出発に、各地から上昇志向の強い人たちが集まった。激戦の新興の地で生き抜くためには、より個性的に、より有能に。うかうかしていると、肘鉄《ひじてつ》を食らいはじき出されてしまう。縁故主義が当たり前のイタリアで、新生ミラノはいっそう実力優先に拍車をかけた、稀有《けう》な町へと変貌していった。

遠い辺地に生まれ育った人は、概して保守的だ。生まれてからずっと、親類縁者に囲まれて暮らしてきた。守られてはいるが、同時に監視もされている。新しいことに挑戦しようと試みようとして、群れから離れてはならない。先祖に倣った人生を繰り返す。地元で安泰に暮らし続けるための鉄則で、一生の保障でもある。

〈外には、違う人生が待っているのではないか〉

意を決してミラノに出て来て初めて、これは大変、とおののく。静から動へ、守りから攻めへ。生き方を百八十度変えなければならない。

競り合ってくれれば、決め手となるのはやはり見てくれだ。ひと目で人となりをアピールできるかどうかが、ミラノファッションたる真意ではないか。

ルドヴィカは、こうしたミラノの特質を踏まえて服を作ってきた。袖を通したとたんに気分上々になるのは、仕立てのよさだけが理由ではなかった。ミラノ生まれではない客も大勢いる。自分の見せ方を知らない人たちに、彼女は〈ミラノであること〉を案内し続けてきたのである。店は、一種の聖堂だ。ミラノの大聖堂の頂点に聖母マリアが立つように、店にはミラノ魂を縫い込むルドヴィカがいる。創るミラノを支える聖母である。

ルドヴィカの夫ヴィットリオは、内外に知られた美術品の蒐集家である。実業は持たない。所有する多数の不動産の中には広大な農地もあるため、「中世からの荘園貴族の末裔らしい」と、言う人もいる。資産で暮らしている。国内外にある持ち家を回り、合間に美術品の買い付けをして過ごす。

ヴィットリオは特異な例ではない。代々続く富裕な家の多くは、親族を集めて閥を成し法人化して、資産を運用し管理している。財が財を成して、決してはてることがない。

戦後、法的に貴族制度は廃止されたが、血筋は消せない。数世紀にわたり築き上げてきた社会的な信用や名誉とともに、富裕層の特権は今も旧時代のまま強く残っている。家の格の釣り合いを測って姻戚を増やし、親族の財が外へ逃れないように固守してきている。ごく排他的な世界であり、その中だけに通用する決めごともある。

ヴィットリオは、ミラノの自宅で開いた絵画の鑑賞会でルドヴィカと知り合った。中部イタリアに生まれた彼が、北部で買い付けるコレクションを保管するためにミラノに取得した家である。ルドヴィカは共通の知人から誘われて、彼の家を訪ねた。絵画鑑賞というのは常套《じょうとう》の建前で、実際は、ミラノの古い屋敷街にも家を持つことになったヴィットリオが、住まいの披露を兼ねて古くからの住人たちに挨拶をするためだった。

そのとき専属の美術商が競り落としてきたのは、高名なミラノの画家の小作品だった。十九世紀初頭のミラノの風景画である。その絵の他には、居間の壁には何も掛かっていない。

〈窓みたい〉

よく観《み》ようと絵の前に立ち、ルドヴィカはあっと息を飲んだ。そこには、居間の窓からの景色の、二百年前の眺めが描かれていたからである。

ヴィットリオは、壁の絵画にふさわしい照明を設置した。ついでに壁紙や家具も取り替えよう。「この絨毯では、合わないのではありませんか」。美術商に指摘され、ヴィットリオは床材ごと張り替えた。

彼の過剰なまでの一連の対応は作品に対してではなく、〈蒐集に一途《いちず》に打ち込む自分〉を演出するためではないか、とルドヴィカには思えた。

すべてあるのに、何もない。

ヴィットリオの虚《うつ》ろな心の中を見るようだった。彼にとって絵は、異次元の世界へ繋がる窓なのかもしれない。

「私も、いろいろな窓から外を見てみたいですわ」

それならば、と二人は間もなくいっしょに暮らし始めて、今に至る。


富裕族は暇なようで、実に忙しい。年じゅう国内外の同類の家に集まっては、カードゲームをしたり室内楽を鑑賞したりして過ごしている。食べて飲んで、観て踊って。集まりがあるたびに、洋服を新調する。ヴァカンスでの出来事に沸く。若かった夫婦には子どもが生まれ、育ち、「留学?　空き家があるか、パリの従姉妹《いとこ》に訊いてあげる」。ヨーロッパが寒ければ、南米で夏を過ごせばいい。ウルグアイには、余暇を持て余す富裕者たちがクラブを作っている。「スイスの山荘の隣の土地が売りに出るらしい」。翌年には、ホテルを建ててしまう。「だってビーチは、去年メキシコにもう買ったから」……。

豊かな財は、使えば使うほどさらに増えるようになっている。投資の失敗など、気にすることはない。次の好機への渡り橋のようなものだ。富裕族が世界中に所有している資産を担保に、銀行はどんどん貸付をする。借入金が増えれば増えるほど回る経済が、存在する。

ヴィットリオの家には代々出入りの画商がいたため、物心ついてからそこそこ美術品には触れてきた。蒐集を始めたのは、特に美術に興味があったからではなかった。父のしてきたことを継いだにすぎない。画商が持ってくるのは土地や家屋と同様、

「必ず値段が上がりますよ」

投資対象でしかない。購入しても保管庫に入れたままで、家に飾ることもない。所蔵美術品の目録は、預金や証券の一覧と変わらない。「売り時です」。「今が買い、でしょう」。荷も解《と》かれないままに、美術品は保管庫から出たり入ったりを繰り返す。

「外の風をあててやりましょうよ」

いっしょに暮らし始めてすぐルドヴィカに言われ、ヴィットリオはお蔵入りしていた美術品を飾るために家を建て始めた。

ルドヴィカには考えがあった。資産としての家屋の価値を決めるのは、登記地番を

基にした相場の他に、外見や中身も重要な要素である。人と洋服の関係に似ている。ルドヴィカは、夫が買い集めお蔵入りしたままの絵画を引っぱり出して、

「家の格を上げるのは文化でしょう。理想の居間を提案するためにあちこちにショールームを建てる、と考えればいいのではないかしら」

彼女は、人が自ら気づいていない内面を引き出すような服作りを手伝ってきた。クロッキーのスケッチを基に、色彩豊かな絵画へと仕上げるように。

〈夫は、開かない《窓》をたくさん抱えている。壁を広げて窓を開ければ、代々引き継いできた倦怠《けんたい》を一掃できるかもしれない〉

一軒、二軒、三軒……。国内外各地に建てた家は、ミラノの家を含めて、どれも数百平米はある大きな家ばかりである。

新しくできた家を拠点に知り合いができると、各地の美術商から絵画や彫刻の持ち込みが増えた。地元の名家の壮大なコレクションであっても、代替わりの際に相続人がバラバラにして売り払ってしまうことが多い。重要な文化財が突然に流出すれば、美術市場の価格崩壊に繋がりかねない。

「なんとかお願いします」

蒐集家や画商が銀行の融資担当者を伴って、買い支えを懇願しにやってくるのだった。

そういうわけで、蒐集品は増える一方だった。財は財を呼ぶ、のである。五軒目を建て終えても、壁や玄関ホール、中庭にはもう収めきれなくなった。各地に持つ家を順々に回りながら、蒐集品を介して旧交を温めたり知己を増やしたりするのは楽しかったが、疲れた。留守にするとき、美術品を入れたまま無人で家を放っておくわけにはいかない。空調を管理し、防犯対策を講じ、保険をかけるだけでは足りない。家の数だけ、常在で管理し世話をしてくれる人が必要だ。実業に関わったことがない夫には煩雑な人事管理や事務処理は荷重《におも》であり、客あしらいに慣れていたはずの妻の手にも余るようになった。

こちらの家にいても、残りの四軒のことが四六時中気になる。そばにいてもいなくても、手間と心配は同じくかかる。美術品というのは、選択眼と管理が正しければ必ず成長するものだ。コレクションがよければ賞賛されるし、そうでなければそばにいる自分たちが嘲笑される。

「子どもを育てるのと似ているのかもしれないわね……」

違うのは、子どものように笑ったり泣いたりしないこと。共に将来についてあれこれ話せないこと。

　夫妻には子どもがいなかった。


　ミラノから車で三時間弱の地点で、私は高速道路を降りた。周囲は耕起し終えたばかりの農地が広がっている。窓を開けたとたん、発酵したような甘酸っぱい匂いが車内に流れ込んでくる。刈り取って、耕地の端に積み上げてある藁《わら》からだろう。ルドヴィカに教えてもらったとおりに、車を走らせる。国道から市道を走り抜けたあと、広々とした耕地を区切る畦道《あぜみち》を行く。目の届く限り、畦道は一直線に延びている。油断してハンドルを切り損ねると、車輪が落ちてしまうような幅しかない。直角に交わる横道を越えて直進するが、車に行き合うこともなければ人の姿もない。家もない。

〈この道でいいのか、と心配になった頃に前方に見えてくるから〉

　電話でルドヴィカが笑いながら説明してくれたとおり、道を間違えたに違いないから引き返そう、と思った瞬間、地平線に黒々と太い線が見えた。近づくにつれて黒い太線が右へ左へと揺らぐのが見え、やがてこんもりとした緑色の林に変わり、風景にザワザワと音が加わって、到着した。完成したばかりの夫妻の六軒目の家である。

まるで蜃気楼《しんきろう》だった。車を降り、その場で一回転してみる。周囲には、農耕地の他は何もない。今まで走ってきた畦道は、そこから先は幅広の二車線へ変わっている。舗装されたばかりの新道だ。〈この先、私道につき〉。看板が見える。

葉の擦れる音。緑色の濃淡が曇天の裾を縁取って、大きく左右に揺れている。視界で動いているのは木々だけだ。手招きを受けるように、緑に向かって歩く。

生い繁る葉に隠れて駐車場からは見えなかったが、林を越えたところに玄関門があり、左右に高い鉄柵が伸びている。開け放したままになっている門から入ると、三階分ほどの高さの建物の前に出た。正面にアーチ状の入り口が一カ所あるだけで、窓がない。中の様子は見えず、建物というよりは囲い塀のようにも見える。何かに似ている、と思ったら、ミラノ市内にある刑務所だ。

〈こんなに大きな家を建てるなんて〉

しかも六軒目。

横に伸びる巨大な石壁に迎えられて、たじろぐ。石壁に開いた唯一の入り口を抜けて、さらに仰天した。再び同様に石壁が現れたからだ。石壁は中庭を囲み、天井の高い回廊となっている。中庭は一辺が百メートルを優に超え、広々としている。敷石が詰められ、ところどころ円形に切り抜かれたところから直植《じかう》えされた若い木が、細い幹を窮屈そうに伸ばしている。
誰もいない。そもそもここは家なのか。回廊の天井は高いばかりで、レリーフも装飾画も施されていない石肌が寒々しい。中庭の真ん中を串を刺すように突き抜けると、奥への入り口が開いて待っている。入っていくと、そこには再び中庭と回廊があるのだった……。

背がぞくりとする。石壁で遠く切り離してしまった外界から、ザワザワと木々が音を立てているのが聞こえてくる。中庭からまた次の中庭へ、数珠繋ぎになった空間を渡り歩いていく。

ルドヴィカ！

歩きながら何度か呼んでみるが、誰も出てこない。白い敷石の照り返しが眩しい。あちこちに無造作に置いてある籐椅子を、ひょろりと伸びた植え込みのそばまで持っていき、座って待つことにした。地面に伸びる木の影が、線描画に見える。壁の外は視界をさえぎるものがない大自然なのに、内はまるで石切場だ。広さばかりが強調され、威圧感はあっても人を歓迎する温かさはない。荒野に放り出された気分である。

「お待たせしてしまって！」

三十分ほどして、ルドヴィカが回廊の奥から大股で現れた。後ろには、若い女性二人が神妙な顔つきで控えている。デザインは違うが、二人ともモノトーンの装いだ。

「奥にご案内する前に、まずはゆっくり散歩を楽しんでいらっしゃい」

ルドヴィカがそう言いながら目で合図すると、背の高い赤い髪の女性がすぐに三つ折りのパンフレットを私に手渡した。

え⁉

『迷える庭園美術館』

森林と思って見ていたのは、夫婦の家の庭らしい。そして夫婦の新宅は、いくつもの回廊を抜けた森林の先に建つ美術館らしい。

モノトーンの装いの二人は、静かな調子で入館案内を始めた。愛想笑いも世間話もなく、正確によどみなく説明した。組み込まれたデータ通りを再現するロボットのようだった。

「庭園の道は細いうえ木々が繁っているので、先がよく見えません。パンフレットに略図があります。太陽の位置を見ながら進んでください。迷って救助が必要な場合は、この電話番号へご連絡ください。通り抜けることができた人にだけ、その先への入場資格があります」

案内図には、方位と森、蛇行する道が記されている。もし迷わずに直進できたとしても、距離は優に二、三キロメートルはありそうだった。

庭園に入る。庭とは名ばかりで、純然たる山林だ。数分歩いたところで、たちまち東西南北を見失った。夫妻の所有地である山林をそのまま利用しているのだろう、と思っていたが、道端に立つ木札には年月日と植物名、植生地が記されている。しかもすべて同一種だ。世界中から数百に及ぶ同系種を集めてきて植えたらしい。どちらを向いても同じ景色で、たしかに先に進んでいっているはずなのに後ろに戻るような錯覚を覚える。太陽は、と見上げると、左右前後から伸びた梢《こずえ》が上空で揺れている。広大な土地があるのに、木々は詰めて植えられ苦しそうだ。

〈厳しさに耐えた中から、より強いものが残るのです〉

『迷える庭園美術館』を造ったヴィットリオの趣旨が掲げられている。

たっぷり一時間は迷って、やっと美術館に入った。数は多いものの蒐集作品は学術派とでも呼べばいいだろうか。外れのない優等生コレクションである。これといったテーマもなく、芸術への期待も信頼もなく、自ら飛び込むような冒険はせず、来るものは拒まず、で受け入れ集まった作品群だった。

最後の展示室には、ドクロや首を落として高く掲げる者、腐れ落ちる屍体《したい》などを表した作品が集められていた。

なんという締めくくりなのだろう。

「まだ次がありますので」

化粧っ気のない顔で館員が案内した。

そこは小さな穴倉だった。掘り返した土が、穴の近くに盛られたままになっている。

穴の前を通りすぎると、高い三角錐が天井となった薄暗い場所に出た。十字架。燭台。そして、木彫りの巨大な作品が中央に二個、無造作に置いてある。

六軒目は、屋敷でも美術館でもなかった。

ヴィットリオは、生きながら自らの霊廟《れいびょう》を用意したのである。

口紅

朝の混雑が過ぎたバールには、カウンターで先を争うような急ぎの客はもういない。コーヒーマシンから勢いよく噴き出す蒸気に続き、エスプレッソが出た。小さなカップは食洗機から出されたばかりで、受け皿まで熱い。取っ手を回し、飲みなれた側からカップに口を付けようとして、気が萎えた。カップの縁にべったりと口紅の跡が付いていたからだ。黙ってカウンターの向こうへ押し返した。何度も謝りながら店員は紙ナフキンで口紅を拭って、洗い桶に浸《つ》けた。

激しい赤だった。唇の縦皺までわかるほどはっきりと付いた跡は、一瞬見ただけなのにずっと目に残った。

口を閉じても、突き出るぽってりとした唇。すぼめた肉厚の唇は、文句でもあるかのように上にめくれて不機嫌に見える。いや、拗ねたふりをして甘えて口先を尖らせているのかもしれない。もう若くはない女性。それなのに目尻と頬骨、額は不自然に突っ張っている。十代二十代の、水をも弾く活気に満ちた肌とは異なる。揚げ物を包む紙のように、てらてらと薄く光っている。

……。

「一日の始まりの一杯ですのに、申し訳ありませんでした」

恐縮する店員の声で、空想からカウンターへ戻った。

そういえば、今日は金曜日だった。朝遅い時間帯に三々五々、念入りに選んだ服に過分なアクセサリー、色を合わせたバッグと靴、帽子にスカーフでまとめた女性たちがやってくる。毎週金曜日に美容院へ行くのである。往《い》きにバールに立ち寄って〈before〉を見せ、セットを終えて界隈をひと回りしてから再びバールに寄り〈after〉を披露する。子育てを終えて、もう働いてはいない。さほど高齢でもなく、健康そうだ。そういう女性がどの町にも一定数いる。たいていの町の中心部には洒落た英国風のティールームを併設した菓子店があり、遅い朝にはどこもこうした女性客でにぎわっている。その多くが、濃い赤の口紅である。堂々とした口元。「まあ！」「それで？」「信じられないわ！」。自分が話す番でないときも、赤い口は大きく開いては尖る。席が離れていても、会話の内容を口紅から読み取れるようだ。

若い女性はいつ、濃厚な赤の口紅を使うだろうか。十八歳の成人記念のパーティーのときだろうか。あるいは初デートか。いや、昼間の待ち合わせへ真紅の口紅で行くと、相手の男の子はたじろぐだろう。中学校に上がったばかりの年頃の少女たちは、アイラインやマスカラ、アイシャドーを入れて学校へ行ってみたりする。小学校を出て、大人の仲間入りの気分である。化粧に慣れていないので、懸命に塗り重ねて、カーニバルの仮面紛いだ。けれどもそういう子たちでも、真っ赤な口紅には躊躇《ちゅうちょ》する。濃い赤には、口元に女という性を凝縮して挑むようなところがある。

〈今日こそ〉

揺るがない決意表明の、赤。真っ赤な口紅の女性を見かけると、その人の人生の重要な場面に立ち会うようでハッとする。

ここ一番というときに真紅の口紅を使ってきた女性たちは、ある地点を過ぎると赤を日常使いするようになる。金曜日の美容院には、赤に慣れきった唇があふれている。

数年前のこと。年が明けたばかりの頃、なじみのレストランの店主から新メニュー披露のパーティーに来ないか、と誘われた。

ヴェネツィアの中心部近くにある店なのだが、この時期は厳しい冷え込みと冠水で客足が鈍る。零下になる夜は、町から人影が絶えてしまう。昔はホテルや土産物店、レストランは、クリスマスと年末年始の行事を終えると次のハイシーズンであるカーニバルまでのこの閑散期には休業したものだった。ところが近年は不況続きで、どうにかして客を呼び込もうと、どこも休みを返上して営業している。

そのレストランは、地元ではなく、オーストリアとの国境近くにある生ハムの生産地から出店している。古《いにしえ》から海運業で東西の交差点を担ってきたヴェネツィアは、現在も変わらずイタリアの商売の要である。世界各地から観光客が集まり、どこよりも広告効果が高いとされる。ヴェネツィアでひと旗上げることができれば、商いはどこへ行っても上々だろう。一八六一年に内海の中の干潟であるヴェネツィアへ大陸から鉄道と道路が通って以来、訪問客の層と数はさらに広がった。地方でたとえ評判が高い名店であっても、新規の客に来てもらわなければ商いは頭打ちである。野心家の経営者は、ミラノやローマ、フィレンツェなど国内の大都市にまず支店を出す。そして満を持して、ヴェネツィアである。生ハム工房がここへ店を出したのも、同様の事情からだった。

店はリアルト橋から数分のところにあるが、目立たない路地を縫っていかなければならない。気候のよい時期ならまだしも、厳寒期のしかも夜、濃霧と冠水では誰もが二の足を踏むだろう。

ゴム長靴を鳴らしながら、店に着いた。途中の路地は狭くて、傘を広げられない。降りしきる雨と壁が吐き出す湿気、足元にあふれ始めた冠水で、全身が濡れて指先の感覚がない。ドブの臭いがこもる回廊をくぐり抜けて、やっと店の前に出た。数世紀前に遡る二階建てで、いったいどのようにして許可が取れたのか、改築して壁一面がガラス張りになっている。ゴンドラが頻繁に行き交う水路沿いに建っている。幅広ではない水路には、小さな太鼓橋がちょうど店の前へ下りるように架かっている。橋の袂《たもと》には小船が一、二艘《そう》、横付けできるスペースがあるが、今晩はそこも冠水して地面が見えない。

冷たい小雨が降るなか足首まで水に浸かって、十数人がごく普通に雑談をしている。ヴェネツィアの人たちというのは、寒かろうが暑かろうが強風でも大水でも、いっこうに気にせず屋外で立ち話をしているものだ。グラスを持ち、悠然と構えている。店内に空席があっても座らずわざわざ外に立ち、町の動きを見張っているようなところがある。流れ着いて、流れ出て。来る新参者と去る古顔が行き交うこの町の、長年の習慣なのだろう。店外には、立ち飲み用に高いテーブルがスツールなしで二、三卓置いてある。傘も差さず、目深に被った帽子の上にフードを重ね、手袋をしたまま杯を交わしている十数人は、皆、顔見知りらしい。そちこちのテーブルを回っては、肩を抱いたり笑ったりしている。

中によく通る声の男が数人いる。どの顔もよく日に灼けている。全員そろってウエスト丈の厚手のジャンパー姿で、高い位置の腰から脚への線が堂々と美しい。胸は深く息を吸い込んだように押し出ていて、厚い肩をよりたくましく見せている。ゴンドラ乗り《ゴンドリエーレ》たちだ。三十代から四十代の男盛りで華があり、暗がりでも彼らが発する活力で周囲が光っているようだ。

その周りを赤い蝶々が舞う。真っ赤な口元が開いては、すぼんで。ぽってりと分厚い上唇を受ける艶やかな下唇は、夜目に妖しい。撥水《はっすい》のダウンコートのウエストをベルトでぐっと締めた、もう若くはない女性たちが、色気に満ちた船乗りたちの耳元に何か言ったり相手の胸元に触れて笑ったり、挨拶で頬を寄せ合ったりしている。若い女性もやってくるが、早々に店内に入っている。早く重装備を脱ぎたいからである。オーバーコートの下は、身体に吸い付くような薄地のニットのドレスだったりシルクのブラウスだったりする。店に入るなりゴム長靴をピンヒールに履き替えて、引き締まった脚を惜しげなく見せている。それでもやはり、熟した口元には敵わない。

『老いた雌鶏《めんどり》からはおいしい出汁《だし》が取れる』、か。

私はどちらのグループにも入れず、窓際のテーブルに着き、凍る屋外で雑談を続ける一団を見ている。彼らは、国境近くの山村からやってくるこの店の経営者を待っているのだ、とウエイターが教えてくれる。

私も含めた今晩の招待は、ヴェネツィアの地元関係者をもてなそうと、店の経営者が仕掛けたらしい。彼は同席する人たちと順々に挨拶を交わす。私のテーブルには、ローカル新聞社やラジオ局の記者や生ハム工房の広報担当者などがいる。初対面であっても、マスコミの同業者とはすぐに互いが知れて、昔からの知り合いのように慣れた調子で話が始まる。毎日のように新規の商売が始まり、業態を超えて皆、虎視眈々《こしたんたん》なこの町で、接待されたりしたりは日常茶飯事なのだろう。隣の男性記者は、メニューに目をやるでもなくテーブルの会話に加わるでもなく、生ハムをつまみに独り黙々と赤ワインを飲んでいる。店に通い慣れているのだろう。ウエイターが途中、彼の前にボトルごと置いていく。

「私、マルゲリータです。よろしく」

男性記者の隣から、女性が名刺を差し出した。

「もうすぐヴェネツィア市長代理が来るはず。外にいるのは、ゴンドラ乗りと水上バス乗船員たちよ。ああ、貨物船も入港したらしいわね。曳船《えいせん》の元締めも来てる」

マルゲリータは、暗がりで水に浸かって立ち話をしている男性たちを順々に指差して教えてくれる。彼女のストレートの金髪は手入れが行き届いていて、よく見ようと首を伸ばしたり腰を浮かせたりするたびに、さらりと私たちの間に座っている記者の頬に触れる。背後では、イタリアンポップに合わせて若い女性客たちが踊り始めた。音楽に消されないように、マルゲリータは間にいる記者越しに顔をこちらに寄せてくる。口元は、目の覚めるような赤だ。

「もしよろしければ、代わりましょうか」

椅子から立ち上がった男性記者に彼女は口角をきれいに上げて笑い、礼の代わりにゆっくりウインクを返している。次々と小皿に載って運ばれてくるピッツァや豚肉料理、ハム入りパスタから立つ湯気なのか、記者の熱気なのか、テーブル周りは息苦しいほど暑い。

「私、フリーランスで記事を書いたり会社のイメージ作りのアドバイスをしたりしてるの。この生ハム工房のカタログ作りも頼まれていてね」

隣の席に座り直すとすぐ、マルゲリータはワニ革のバッグから三つ折りのリーフレットやスクラップブック、アルバムを出して卓上に並べた。

今どきプリント写真だなんて。L判サイズの写真を入れたアルバムは、角が擦れて丸くなっている。あちこちで繰り返し見せているのだろう。

「これは、アパレルメーカーから頼まれて私がデザインしたロゴマークで……」

アルバムをめくりながら一枚ずつ説明をする。ピンボケだったり暗すぎてよくわからなかったりするものの、どの写真にもカメラに目線を合わせたマルゲリータが写り込んでいる。

それにしても、と感心する。人当たりがよく丁寧だけれど、抗《あらが》えない圧がある。四十代後半はいっているだろうか。それなのに、ウルトラミニで踊っている若い女性に少しもひけをとらないスタイルのよさなのだ。黒いレギンスの上に薄地の黒のニットシャツを合わせ、カラフルで大胆な柄のスカーフを腰に巻いている。下腹からヒップにかけて少しのぜい肉もない。ひざ丈の黒いカーフブーツを履いた脚を高く組んでいる。長い金髪が流れる背中側から見れば、二十代と見まがうだろう。そう褒めると、

「ありがとう。私、どこもいじってないのよ」

いきなり髪の毛を掬い上げうなじを見せ、含み笑いをした。皺取りの美容整形をすると少し前の技術では、ひっぱった皮膚の縫い留め跡が襟首や耳の後ろあたりにあったものだ。ある程度の年齢を超えていまだに少女のように髪を垂らしているのは縫い

留め跡を隠すため、と美容師から聞いたことがある。

「それに私、六十をとうに超えているの」

私はグラスを落としそうになった。

酔った男性がテーブルの横を通りすがりに放つ下品な冗談に、マルゲリータは少しも動じない。むしろ大げさに流し目をして笑い返し、真っ赤な唇をこれでもかと突き出してたしなめている。男性たちのちょっかいにいちいち相手をしてやる暇はない。軽く去《いな》し、再びおしゃべりの続きに戻る。自分の〈女〉の部分をどう使うかを心得た、相当の場数を踏んでこなければ身に付かない人あしらいぶりだ。

ようやく到着した市長代理と店の経営者を取り囲むようにして、ゴンドラ乗りの一団も店内に入ってきた。彼らがよく通る声で賓客にあれこれ話しかけている様子は芝居がかっていて、主のご機嫌を伺う召使のようだ。

中央のテーブルへ一団が近づいてくるとおもむろにマルゲリータは立ち上がり、主賓二人を自分の胸に包み込むように手を広げて迎えた。

「ああ、やっと！　お待ちしてましたのよ」

ゆっくりとハスキーな声で言い、グラスを二人に渡した。豹《ひょう》が待ち構えていた獲物にしなやかに前脚を掛けるようだった。いつの間にか、口紅が濃く上塗りしてある。

そこからはマルゲリータの独壇場だった。朴訥とした山村育ちの経営者を巧みに引き立て市長代理との間を取り持ち、絶妙のタイミングで話題を提供すると自分はすっと聞き役へ回る。横で楽しそうに相槌《あいづち》を打っては、飲んで食べて。「この生ハムは、そのままでも調理しても抜群だわ！」。ウエイターを呼んでレシピをさりげなく説明させ、「そのワインとも合うかしら」と、皿が替わるごとに次のグラスを頼んだ。歓談しているうちに、気がつくとメニューのほとんどを味わい尽くしている。いつの間にか記者やカメラマンも椅子ごと主賓のテーブル近くへ移動してきて、話の輪に加わっている。

散会する頃には、市長代理が生ハムの生産地を訪問することになっていたし、地元紙の家庭欄では生ハム料理特集が組まれることが決まっていた。明日ゴンドラ乗りたちは客に頼まれれば、船を横づけしてこの店でシャンパンを買うようになるだろう。

「これからもどうぞご贔屓に！」

赤い口が艶やかに宴を締めくくった。

「在来線でも二時間もかからないから」と、マルゲリータに誘われて彼女が住む町を訪ねた。鈍行で着いた駅舎は、清潔だが時代遅れでくすんでいる。人が着いては発つ場所なのに、出会いや別れの悲喜こもごもが感じられない。

表に出ると、車寄せに停まっていた一台の窓が開いた。黒光りするスポーツカーの低い窓から伸びた腕は、ショッキングピンクである。

「何もないところなのよ」

ランチに行きがてら車で町を案内してくれる、という。歩いて回るわけではないのだと知り、内心ほっとした。というのも今日のマルゲリータは、ショッキングピンクのコートにピンクに染めた耳当て付きのロシア帽を被り、バッグにブーツ、手袋もピンクである。そして、口紅までもショッキングピンクだったからだ。金髪の髪は染めたてらしく、薄暗い車内でも光っている。それにしても、なぜ六十過ぎでピンクと金色なのか。世の中から取り残された景色の中をいっしょに歩くには、勇気がいっただろう。

ゴリツィア。ヴェネツィアから北東にある、スロベニアとの国境に位置している。戦後に引かれた国境線が、町の中を通っている。境界線は有無を言わせず引かれ、広場だろうが通りだろうが建物があっても、避けることなく突き進んでいる。家の中を国境が貫通し、居間がスロベニアとイタリアに分断されてしまったところもあるという。どちらでもあって、どちらでもない。町は、そういうあきらめと虚ろさと屈辱に沈んでいる。

痛々しく残る傷跡のような国境線をたどりながら走り、高台へ上り出た。見張り塔のようだ。この際《きわ》の地の攻防で、二十万人の若い兵士が命を落としたという。レストランはそこに建っていた。

眼下に町を見下ろせる席に着き、イタリアで採れた食材で作ったスロベニア料理を食べた。粗挽《あらび》きのソーセージは脂身勝ちで、酸味の強いマスタードで包み込んで食べる。ジャガイモは、何も混ぜずに茹でてから平たく円形に伸ばし表面を豚のラードでカリッと焼き上げてある。豚肉の小間切れを出汁に煮込んだ豆のスープはイタリアでもおなじみだが、すすってみるとリンゴやホースラディッシュが入っている。甘いのか、塩味なのか。酸っぱくてさっぱりしているのか、濃厚なのか。舌を刺す辛味は、豆のまろやかさであやふやになる。

「どちら付かずの味よね」

マルゲリータはフォークを置いてウエイターを呼び、脂がべっとりと縁に付いた皿を下げるよう頼んだ。丁寧だったが目を合わせず、主人が下僕へ命ずる調子に聞こえた。

マルゲリータは、イタリア最北東の町トリエステで伯爵の一門に生まれた。第二次世界大戦後にイタリアの貴族制度は廃止されたが、実際にはそれ以降も変わることなく元貴族どうしで婚姻が繰り返され、財産や特権、家の血統を守り続けている。

「祖母のところへ預けられていた頃が、人生で一番幸せだった……」

貴族教育の伝統にのっとって幼子のうちは乳母に世話をされ、就学年齢になると学校へは行かずに母親から家で教育された。格と財力のある貴族へ嫁いで子どもを産むことが女性の幸せであり、夫に服従するのは良妻の定め、と躾《しつ》けられてきた。際立って美しく、二歳の頃にはすでにドイツの貴族との婚約が決められていた。

「そういうわけで、ピアノや詩、美術に裁縫を教えたのはすべてドイツ人だったのだけれど、私はまったくドイツ語を覚えようとはしなかったの」

毎夏マルゲリータ一門の別荘へ休暇にやってきた〈婚約者〉は、笑わない目と青白い肌をした男の子だった。

〈豚の脂身みたい〉

何としても嫌われたかった。わざとぞんざいに振る舞い、母から厳しく躾けられた礼儀作法はことごとく守らなかった。ドイツ人の婚約者がどうのというより、自分の人生を親が勝手に決めてしまうことに幼心にも納得がいかなかったからだった。

「これ以上の嫁ぎ先はありませんからね」

母親は娘の気持ちを聞こうともしなかった。親の決めたことには、絶対に服従しなければならない。一人で外出するのはご法度で、同伴で出かけるときも深く帽子を被らされ、地味な色合いの服しか許してもらえなかった。それでも目立った。彼女が通りを歩くと、ひと目見ようとする男性たちが後ろに並んでついてくるほどだった。それほどまでに母親が厳しく目を光らせたのは、一門の運命が娘の結婚にかかっていたからである。

「第二次世界大戦の休戦協定直後に、私たち一族の領地だったトリエステの近海の島にパルチザンが侵攻してきて……」

数世紀にわたって島を所有してきた元貴族たちは一夜のうちに殺害され、外灯に吊るされ、嗤《わら》われ、土地や家屋、宝石、美術品など、根こそぎ奪取された。マルゲリータの両親は、着のみ着のままでイタリア本土へ逃げて命拾いした。

両親は娘にドイツ貴族と姻戚関係を結ばせて、嫁ぎ先の潤沢な財で何とかして失った自分たちの栄華と名誉、甘い追憶を取り返せないものか、と考えたのだった。

「なにが〈ノブレス・オブリージュ〉よ。両親のしたことは、まったく逆でしょう？」

結局マルゲリータはドイツ貴族とは結婚せず、トリエステの左翼運動家と駆け落ちし、親から絶縁され現在に至っている。

幼少から刷り込まれた〈地味で従順であること〉を否定しようと、母親から禁じられたことをことごとく実行し続けてきた。

「でもね、口紅を濃く塗れば塗るほど、母親の叱責や吊り上がった目が遠い記憶からよみがえってくるの」

縁は切れても、血は残る。

サルデーニャの蜜蜂

雨が降りやまず、おまけに冠水で歩き回るのもままならない。ヴェネツィアの冬。家に籠ってばかりいてもつまらない。本でも買いに行こうか。

年々悪化するオーバーツーリズムの弊害で住民が町から出ていってしまったこともあり、新刊を扱う書店がますます減っている。残った数少ないうちの一店は、大学の近くにある。人文・哲学、美術史や建築と分野は異なっても、それぞれの古典や大御所を主にした棚ぞろえだ。湿気《しけ》た気分なので、カラリと軽妙な本はないか。そうだ、駅に行ってみよう。

読む本に迷うとき、高速道路のサービスエリアの本の台を見にいく。山積みになった本にはどれも、〈20％引き！〉〈50％引き！〉と帯の赤字が躍《おど》っている。ミステリーから恋愛もの、時代小説、数年前のベストセラー、おばあちゃんのレシピ集……。さまざまな旅が交差する場にふさわしく、雑多で自由だ。ガチャガチャを回す気分で一冊引き抜く。すると思いもよらず面白い本に当たることがある。

だから今日も、サンタ・ルチア駅構内の書店に入ってみた。レジ前の平台に、少女漫画タッチの表紙の分厚い本が見えた。ファンシーな色合いで若い女性が描かれ、砂糖菓子の箱のようだ。〈話題の大ロマン小説！　十万部突破！〉。帯の文句が躍る。いつもなら手に取らない類いだけれど、本に呼ばれたように買った。

プラットホームが見渡せる喫茶店に入って電車待ちの客たちと並んで座り、早速ページを繰ってみると、舞台はイタリアの島らしい。読むうちに、あれ？　となった。

〈ここに出てくる人たちを知っている……〉

そのうちサルデーニャ島のことだとわかり、やはり、と遠い日を思い出す。ヴェネツィアの湿気に混じって、鼻先にあのとき島で嗅いだ匂いがよみがえる。


目を閉じると、立ち枯れたままの草に覆われた大地が広がる。前にも後ろにも、家も生き物も見えない。あるのは一本道だけ。はるか彼方に風が起こり、とぐろを巻きながらどんどん近づいてくる。たちまち砂埃で視界が赤茶色に染まる。とにかく前へ。行けども行けども、景色はまったく変わらない。「日没前に着くように」と案内役の友人からさんざん念を押されて、私は待ち合わせ場所へと車を飛ばしていた。

不思議な旅だった。あれから、どのくらい経っただろう。

当時私はマスコミの仕事を離れて、農業や漁業、牧畜に携わっていた。イタリア半島の生産者や漁場を訪ね、各地の土壌や土地に伝わる農業や牧畜、そして漁業に関する報告書をまとめていた。それは、イタリアの大地と海と胃袋を知ることだった。時間との競争だったそれまでの生活は殺伐とし、砂を嚙むようだったが、切羽詰まった状況から解かれ、豊潤なイタリアの懐に抱かれて過ごすことになった。短期間のつもりが、気づくと十数年も経っていた。

「古代ローマ時代からずっと蜂蜜を作っている人たちが島にいる。会いに行ってみないか」

マリオから、新しい訪問先への誘いがあった。私をイタリアの農、漁業に招いてくれた恩人だ。私がサルデーニャ島のひなびた港に古船を碇泊させ、船上生活をしていた頃に知り合った。マリオの家は代々、島で生まれて暮らしてきた。故郷の美しい環境を守るために、若い頃から農業に従事してきた。土に触れ水を引き、風に訊いて天を観る。農作物を育てることは、島を成すすべてを知ることだからだ。

「その養蜂家の家財道具は、蜂箱くらいでね」

古代ローマ時代から蜂蜜作りを世襲し続け、現在も蜂を追いかけて暮らしているという。

サルデーニャ島都のカリアリ市から、待ち合わせの内陸へ車で向かった。主な町と町との間には高速道路が通っているものの、いったん下りると、大地いっぱい左に右に大きく振れて蛇行を繰り返す道となる。道のりは、海を風を拾いながら進む帆船の航路とそっくりだ。U字を繰り返すうちに丘陵地帯を越え、両側に険しい山が迫ったかと思うと深い谷間へと入り、長い時間をかけて少しずつ前へ進んでいく。稀《まれ》に道が交差するところには、地名を書いたいくつもの標識が千手観音のように突き出している。周辺には、道を尋ねる家も店も、ガソリンスタンドすらなかった。おまけに道には外灯がない。日が暮れると、頼りになるのは自分の車のヘッドライトだけになる。

町を出るときに満タンにしてきた。道に迷って引き返すことになっても、どの地点まで戻ればいいのか見当もつかないだろう。ひとたび曲がり損なうと、道程を修正するのに数十キロ分、余計な燃料を食うに違いない。マリオは道順を教えるとき、「フロントガラスの中に見える太陽の位置を基準点にするように」と、言った。走行地点や方角が正しいかどうかを確認するために、目印になるユーカリの大木や赤い岩を挙げた。しかし、どれも日が沈んでしまえば無用の道標《みちしるべ》だ。いっそ夜の航海のように、星を見ながら進む覚悟をしたほうがよいのかもしれなかった。

〈ここだろうか。いや、もう一本先かもしれない〉

地平線がオレンジ色に染まり始めてきた。いったん車を停めて、気を鎮めよう。ドアを開けると、足元からむせ返るような匂いが押し寄せた。花も実もない、ひざの高さほどの草が茫々《ぼうぼう》と生えている。一歩二歩と踏むそばから、青々とした匂いが勢いよく立ち上る。草に囲まれ伸びをすると空気がそよぎ、大気中には漂う土や湿り気の匂いがした。深呼吸すると、鼻腔《びこう》を突き抜け胸の奥深くまで島の匂いで満ちた。

窓を開けたまま発車する。ゆっくり走るのは、草の匂いから逸《そ》れないためだ。

「一族の家は、タイムの密生している丘を上りきったところだから」

マリオが道順の説明につけ加えていたのを思い出したからだった。草の匂いには、確かに覚えがあった。吸い込むとすぐ、島料理の味わいが舌先によみがえった。

〈あれだ！〉

以前に呼ばれた島の祝宴で、牧童が摘みたてのタイムやミルト、ローズマリーなどの香草を束にして持ち、口から尻に鉄棒を突き通した羊を炎の上で回しながら、ジュウジュウと滴り落ちる脂を香草で掬い上げては肉に塗り込めていたのを思い出した。

タイムに導かれて、日の沈む直前に到着した。挨拶しようと家主へ手を差し出すと、

「丘の裾で車を降りたでしょう？」

私に向かって大げさに鼻をひくつかせ、穏やかに笑った。わずか数分の休憩だったが、タイムで焚《た》き染《し》めたように全身が匂いたっていたらしい。

プーンと小さな羽音がし、私の頭上を蜂が旋回している。


父と息子たち、それに叔父だったか。出迎えたのは、親族の中でも血の繋がりが直系の男性だけだった。伝統芸能の奥義を極め次世代へ継ぐように、直系の血族が蜂にまつわる秘密を固守し、伝承しているのだった。

通された屋内は広くて質素だったが、そこが住居なのか作業場なのか、果たして倉庫なのか見分けがつかなかった。飾り気が皆無だったからだ。無垢板で作られたカウンターに、男たちは小さなガラス瓶をいくつも置いた。中の蜂蜜はシャンパンのような淡い金色から木脂《やに》のような深い茶色で、色見本のようにグラデーションが美しい。

父親がへぎのスプーンと小皿を渡し、私に試食するように勧めた。

蓋を開けると、たちまち甘くて切ない香りが立った。瓶を次々と開けると、カウンターには蜂蜜の数だけの香りが重なった。

「蜂蜜の匂いは、旬の花の香りです」

島の季節が、匙の中に凝縮されている。

ひと瓶目。淡い香りで色はほとんどなくさらりとスプーンから流れ落ちるのに、口に含むと強烈な甘さで喉の奥がキュッと締まる。長男が無言で、朝に搾乳《さくにゅう》し出来上がったばかりという羊乳のヨーグルトを横に置く。混ぜて飲む。自分が子羊になって母親の胸元に顔をすり寄せているような、甘酸っぱい気持ちになる。

二つ目の鈍い飴色《あめいろ》は、見るからに濃厚だ。「まず、ほんの少しだけ」と教えられ、スプーンの中へ舌先をそっと突くようにして味を見る。苦い。ところがひと匙を飲み込むと、口の中に甘みだけを残して出会い頭の苦味は消えてしまう。流星の尾のようだ。苦味にびくりとこわばっていた舌が、後から来た思わぬ甘さに緩む。

「古代ローマ皇帝のお気に入りでしてね。味見するなり、『サルデーニャの蜂蜜は、頑なで苦い。島民そのものだ！』と言ったそうですよ」

まるで昨日聞いてきたように、父親が得意げに言う。

苦いから、いっそう甘い。

〈辛《つら》いことを乗り越えれば、楽しいことが待っている〉

蜂蜜が口の中で、そう励ましている。

「瓶ごとに花が異なります。私たちは代々、蜂を連れ島に咲く花を追いかけて暮らしてきました」

一族の蜂蜜は、単花蜜である。蜂は自由だ。花が咲けば飛んでいき、あちこちからさまざまな花の蜜を吸い集めてくる。たいていの蜂蜜は、だから百花蜜と呼ばれる混合ものだ。味わいも香りも多数が集まり、強い個性に偏らない。

「島のどこにいつ咲く花の蜜なのかによって、味わいや色、香りだけでなく、効能も異なります」

蜂蜜は、島のエキスだ。島の生き物に滋養を与え、病いから守る。

「開花場所まで蜂を連れていくのは、蜜が混じらないようにするためです」

古代ローマ皇帝が好んだ苦い蜂蜜は、内陸の高山植物の花から採れる。蜂にしかたどり着けないような難所に生える植物には、過酷な状況を独りで乗り切る力が備わっている。ひと匙で万病を治す、と珍重されてきた。採れる量は限られていて、島外まで届かない。島の中でさえ、幻の蜂蜜だ。

「子どもが生まれると、これをひと瓶、誕生祝いにするほどです」

離乳食を経て赤ん坊が外界になじむのを待ってから、少しずつ舐めさせる。

「甘い後味は、高山植物の花のブーケです。この地に生まれてきたことを島が祝っているのがわかりますか？」

サルデーニャ島を蜂と旅して以来、初めての農地を訪れるときは必ず地産の蜂蜜を探すようになった。ワインやオリーブオイルの産地へ行くと、販売店には蜂蜜もいっしょに売られていることが多い。ブドウやオリーブ畑の近くには、バラ園があったり果樹や味の濃い野菜畑が隣接していたりする。果樹の花から野菜の花へ、そしてバラへ。蜂が花粉を連れて回る。無関係なようで、蜂は花粉を運びながら農産物に味の奥行きを加えたり病害から守ったりしている。農業や牧畜を営む人たちにとって、蜂は重要な仕事仲間なのである。蜂蜜は、地元の味が生まれてくる環境の記録だ。

＊　＊　＊

「たいしたおもてなしはできませんがね」

ドンと卓上に二リットル瓶を置きながら、アントニオは破顔一笑した。まな板代わりの根株の上で、肉切り包丁を大きな肉の塊に勢いよく振り落として拳大に切り分けていく。

ミラノから車で小一時間ほど南に下がったところに、丘陵地が広がっている。そこでアントニオは、一人でチーズ作りをしている。彼はサルデーニャ島の内陸部に生まれ、物心つくとすぐ牧童になった。空と海と羊と草と。繰り返しの毎日だった。むら気《き》が勝つ若いアントニオは、「一度は外を見てこい」とやはり牧童だった父親に命じられて島を出た。ミラノに嫁いだ姉たちを追ってきたものの、どうしても都会にはなじめなかった。かといってすごすご島に引き返すのも、男の面子《メンツ》に関わる。

丘陵の上の掘っ立て小屋を借りて住み、まず犬を飼った。次にサルデーニャ島から羊を連れてきた。最初は番《つが》いで。間もなく倍に。ヤギは、島で遊牧を続ける父親が餞として贈ってくれた。「ここは草しか育ちませんからねえ……」と、売れない土地を持て余していた地主が嘆いた。〈持ってこいだ〉。姉たちは弟のためにローンを組み、丘陵の永代耕作権を買った。アントニオは、そこで羊と犬とヤギと暮らし始めたのだった。

「人間と話すのに慣れていなくてね」

アントニオはラベルなしの大瓶から、微発泡の白ワインをガラスコップになみなみと注ぐ。小屋の簡易キッチンに立って、朝から寝かせておいたパスタの生地の玉を大理石の天板の上で薄く伸ばし始める。地産の小麦を挽いた粉を井戸水でこねた生地だ。生地で旬の野菜とリコッタチーズをひとつまみずつ包み閉じ、塩を利かせたたっぷりの湯で一、二分ほど茹で上げる。隣のコンロでセージの葉をバターで軽く炒《いた》め、パスタを放り込む。熱々のパスタに、ペコリーノ《羊》チーズを削りかける。

山盛りの皿を渡して、アントニオは私の口元をじっと見る。溶けたバターにパスタが照り輝いて、湯気に混じるセージの濃い香りは草を食《は》む羊に息を吹きかけられるようだ。頬張ると、口の中に春が来た。

「母羊が食べた草と同じ時期に生える、地産の葉野菜をパスタの具にしてある。混ぜたリコッタチーズは、その母羊から今朝搾った乳で作ったんだよ」

上からかけたペコリーノチーズは、リコッタチーズと乳を同じくする兄だ。チーズの兄弟からは、ほのかに同じ緑の味がした。質素な夕食だが、唯一無二の極上のもてなしだった。

「まだあるんだよ」

アントニオが食卓へ出したのは、長期熟成の羊乳チーズと小さなガラス瓶だった。まさか、と蓋を取った瞬間、舌先に古代ローマがよみがえった。

羊をサルデーニャ島から連れてはきたものの、ここの丘陵の草を食んでの乳を出す。同じ羊の乳であっても、北イタリアの大地の味になる。幼い頃から身に沁《し》み付けてきた味と匂いは、どこへ行こうとも抜けないものだ。北イタリア味のチーズに島の蜂蜜をかけて、噛む。歯の奥から郷里の花の香りが立ち上る。

〈苦くても、後に甘さがやってくる〉

戻るに戻れないアントニオは、蜂に連れられて遠い故郷へ飛ぶ。

＊　＊　＊

匂いが沁み入る、と言えば、ミラノの不思議な出来事を思い出す。

行きつけの小さなバールがあり、さまざまな人と知り合った。狭いのがかえって幸いしているのかもしれない。年恰好《としかっこう》も性別も職業や出身地も千差万別の人たちが、入れ替わり立ち替わり入ってきては出ていく。それでも店に寄る時間帯が同じだと客どうしが顔なじみになり、カウンターに並んで一杯分の雑談をするような交流はあった。

以前、深夜に立ち寄ったことがあった。たまたま界隈で傷害事件があった日だった。カウンター奥に眼光が鋭い男がいた。目を合わせないようにそそくさと店を出ようとする私に、「広場までお送りしましょう」と、その男が低く声をかけてきた。彼は警官だった。事件直後の深夜に女ひとりで歩かせまいとの親切心で言ってくれたというのに、身の上を知らなかった私はおののいてろくすっぽ顔も見ずに断り店を出たのだった。

後日、店主から事情を聞いて赤面した。詫び代わりに、夜勤明けのコーヒーを店に託《ことづ》けた。それ以来、カウンターに同席することがあると、その警官は私に聞こえよがしに独り言をつぶやくことがある。

「来週のローマ教皇ミラノ訪問には、五千人の応援部隊が全国から、ブッブッ……」「今晩、運河沿いでヤクがらみの一斉検挙が、……」「昨日の殺人事件の容疑者が、ムニョムニョ……」と、いった具合だった。おかげで、私はテレビや新聞で報道されるより前に事件を知り、いち早くニュース配信の準備ができた。

ある日バールに入ると、ちょうど警官が来年のカレンダーを店主へ渡しているところだった。

「今年もどうもありがとうございました」

礼を述べているのは、警官のほうである。カウンターの後ろの棚には、いろいろな食後酒の瓶が並んでいる。店主はそこから蒸留酒を一本取ってショットグラスに次々と注ぎ、客全員に奢《おご》り、

「新年も平和に暮らせますように！」

乾杯。

ごく辛口で、口に含んだとたんに揮発する。見たことのないブランドだった。ラベ

ルには、前脚を上げて嘶《いなな》く馬にまたがる男が描かれている。兵士だろうか。

「騎馬警官ですよ」

警官は、瓶を回して裏ラベルを指した。〈製造元：PS《警察》〉とあった。警察が蒸留酒を造っていたなんて……。

バールは、警察から蒸留酒を仕入れているのだった。ここに立ち寄る警察関係者は、彼一人ではないのだろう。警備中の情報交換に集う地点になっているのかもしれない。警察ブランドの蒸留酒はその目印か。

「今度、酒蔵へお連れしましょうか？」


警官と待ち合わせた場所は住所ではミラノ市内には違いなかったが、郊外へ向かう道を走るうちに建物はだんだん少なくなり、そのうち倉庫やトラックの駐車場、研究所が並ぶ寒々しい雰囲気に変わってきた。

「新興地だから」と警官は言っていた。住宅造成地を想像していたが、何もない。それなのに、舗装されたばかりの四車線道路がまっすぐに延びている。不釣り合いに幅広く滑走路のようだ。片側に没個性の低層の集合住宅がポツポツと建ち、もう片側は更地のままになっている。

まっすぐ延びるその大通りの端に、警官は立っていた。

「波打ち際を走るようでしょう?」

広大な空き地を見ながら直進する。やがて深いU字を描く車寄せへと入っていった。カーブに沿うように、建物は馬蹄《ばてい》形をしている。二十階以上はありそうだ。オフィスビルでも集合住宅でもなかった。正面に、〈××ホテル〉とひと昔前のデザインの看板が掛かっている。聞いたこともない名前だった。

「僕はちょっと外回りをしてくるから」

彼は私を馬蹄形の途中で降ろすと、そのまま走り去ってしまった。警察印の蒸留酒はどうなったのだ……。

しかたなく私は一人でフロントへ行き、今後のために客室や施設を見せてもらいたい、と告げてみた。

若くて礼儀正しいホテルマンだった。

「私どもは、長期滞在型の宿泊施設でして……」

道中に見た研究所やトラックを思い出す。出張族や派遣者向けの宿なのかもしれない。周囲には飲食店も遊興施設も見当たらない。きっと部屋には、ミニキッチンや洗濯機も完備しているはずだ。気を散らさずに仕事に専念し、便利に暮らせるようになっているのだろう。目の前に空き地があるおかげで、ミラノとは思えない開放感があるし、さぞ静かに違いない。

「いくつかの部屋は、年間を通して貸切になっています。最上階は、特定のお客様にだけお貸ししています」

貸切や特定の客向けのフロアがあるなんて、リピーターが多い快適なホテルライフの証拠ですね。

褒める私の顔をじっと見て受付の好青年は何か言いかけたが、口をつぐんだ。

宿泊客以外は部屋には案内できない規則だから、とパンフレットを渡された。最上階の部屋は、さぞ見晴らしがいいだろう。ドゥオーモ《大聖堂》や新都心など、世の中の様子をもれなく見渡せるのではないだろうか。

「……そうですね。見晴らしがいいのは、当ホテルの特色でございます」

正面玄関脇のドアから入ると、奥にレストランがあった。大広間にテーブルを長く繋ぎ数列に並べてあり、大食堂と言ったほうがふさわしい雰囲気だ。一角にカウンターがあった。あの騎馬警官の瓶がずらりと並んでいる。エスプレッソコーヒーにそれを加えてもらうように注文すると、バールマンはうなずいて私の目を見てから低い声で、

「この建物が馬蹄形になっているのは、端と端に警官が泊まり間に挟まれた部屋の様子を監視するためです」

表に出て、改めてホテルの外観を見る。

「検察と司法取引をしたマフィア関係者が、ボスの裁判で証言をするために警官につき添われて滞在するホテルなのですよ」

U字の車寄せの入り口で私をピックアップした警官が、車内で説明した。広大な空き地は、監視の目を届き易くし逃亡を許さないためである。

では、ホテルの最上階にはどういう〝客〟が？

「食文化の違う国からの亡命者専用です。以前、低階に長期滞在してもらったところ、料理に使う香辛料の匂いが染み込んで抜けず、内装から家具までそっくり改装しなければなりませんでしたのでね」

警察印の蒸留酒の原料欄には、〈干した百の香草〉と記されていた。

満月に照らされて

海を足元に見る家を借りて、数年暮らした。イタリアとフランスの国境近くにある町で、北側に山が迫り南にはリアス式海岸線が延びている。海と山に挟まれた細長い帯状の平地があるだけで、住居は波打ち際を縫うように、あるいは山間部の谷間や斜面にしがみつくように建っている。ひとつの町なのに一ヵ所にまとまることのない、住民の数だけの生活が広範囲に点在している。

視界いっぱいに海が広がっているというのに、人々の生業は漁業でも海運業でもない。むしろできれば海との関係はほどほどに止めておきたい、とでもいうような暮らしぶりに見える。例えば住む場所にしても、海浜地区はミラノやトリノといった内陸の都市からの観光客や別荘族に譲り、自分たちは山を分け入ったところに住んでいる。学校や職場、駅や病院から遠く、住みにくいだろう。

「いや、簡単にたどり着けるようでは困るのでね」

大家のジーノは自嘲気味に言った。彼は親の代からこの地に移住し、道も通っていなかった山の上で暮らしてきた。前にも先にも他に住む人のない、孤高の一軒家である。

「古来より海から進撃してくる敵から逃れるために、あえて足場の悪いところを選んで住んだのですよ」

海と山と半々という土地なのに、郷土料理に出てくる近海魚は青背の小魚がせいぜいで、皆がふだん食べるのはオイルや塩漬け、干物といった保存食が多い。住み始めた頃に港の魚市場に行き、浜に打ち上げられた木片のようなものが店頭に並べ置かれているのが目に入った。よく見るとそれは塩で固めた干しタラで、しかも北欧からわざわざ輸入したものと知って驚いた。これほど近くにあるのに、遠い海。人々と海との複雑な関係をかいま見る思いだった。

地元の人たちは、山の民だ。植物のように黙して暮らしている。地表を這って育つ野生のケッパーや、強い季節風で落ちて転がっている松かさのようだ。人の手を借りずに生え、人知れず実を結ぶ。栄養や見栄えに乏しく主菜になることはないが、他の食材を引き立てる。あれば使うが、なくて困ることもない。

ジーノから借りた家の真向かいの山に人が住んでいるらしいと知ったのは、秋もかなり深まった頃だった。潮流と緩やかに延びる入江のおかげか、一帯は一年を通して穏やかだ。北イタリアに初霜が降りる時期が来ても、ここはあまり気温が下がることもなくシャツ一枚で過ごせる日が続く。年によっては冬時間が始まる十月末になっても、海水浴のできることもある。ひと足先に冬に入った北部の都市からは、別荘族が週末を過ごしにやってくる。海に人出があるうちは、向かいの山の木々の間から小さな光がチラチラともれる。海面がヨット族の灯《あか》りに反射しているのか、湾岸通りを行き交う車のライトなのか、見分けがつかない。夏のにぎわいが戻ったような週末は、晩秋まで続く。

やがてこの山にも秋の夜が訪れる。目が暗闇に慣れると、空と海と山がひとつの黒に沈んだ中に、線画のような尾根が浮き上がってくる。

月のない夜だった。向かいの山裾にオレンジ色の点が見え、揺れながらゆっくりと上へ移動していく。光は、大きくなったり小さくなったり。誰かが灯りを手に、山を登っていくらしい。隣近所が都会に帰ってしまってから話し相手がなかった私は、人の気配がうれしかった。無人島に独り打ち上げられ、沖合に船影が現れないかと待ち焦がれる漂流者の気分だったからだ。

急いで家から懐中電灯を持ってくると、向かいの山の中の小さな光に向かってゆっくりと円を描いてみた。オレンジ色の点は闇に消えたかと思うと、次にはだいぶん上のほうで揺れている。おーい、と叫びたいのを堪《こら》え、テラスの端から身を乗り出し腕を精一杯に伸ばして、何度も円を描いた。

下草も枯れ木も払われず、てっきり放棄された山なのかと思っていた。道もなく耕地にもならず宅地も造成できず、地主が見捨ててしまう山は多いからだ。

オレンジ色の光からの返答はなかった。見間違いかもしれないし、よもや住人だとしてもわざわざ廃山を選ぶような人が他人と関わろうとはしないだろう。あきらめて家に入ろうとしたとき、山頂に大きな黄色い丸がぼうっと浮かびあがった。たちまち夜空を背景に、手前の木々が影絵のように浮き上がってみえた。

〈月が出たのか？〉

黄色い丸の縁がぼやけているのは、満潮で湿度が高いからだろう。

しかし満月に見えた大きな丸は、ゆっくりと点滅し始めた。ツー・トントン。何度か繰り返したあとに、トン・トン・トーン。打ち上げ花火の締めのように瞬いて、消えた。

山から山へ灯りで呼びかけ合ってから数日後、双方の山を下りたったところで初めてその相手と会った。私が帰宅するのをそこで待っていたらしい。長身でやせ、髪を青みがかった黒に染めてひっつめている。ジーンズは洗いざらしで、あちこちが裂けている。ハイカットのバスケットシューズは泥まみれ。高い腰に付けたウエストポーチからたばこを取り出して、どう？　と私に勧めてから、

「時間があれば、ちょっと寄って行く？」

私ソフィア、と握手の手を伸ばしながら招いてくれた。

大変な勾配だった。坂道などという生易しいものではない。絶壁に這う根や低木につかまりながら、よじ登っていかなければならない。ソフィアは慣れたもので、休まず軽やかに登っていく。ときどき振り返っては、「ここを登りきれば、あとは緩やかだから」。息が切れて声も出ない私を尻目に、あっという間に姿が見えなくなった。ソフィアは細身だが実にタフで、買い物が詰まったリュックを背負い、両肩には仕事の道具袋をたすき掛けにして山道を行く。

難関をどうよじ登ったのか、よくわからない。登り切った前には枯れ草の繁みがあり、両手でかき分けて進むと突然、畑に出た。イチジクやスモモ、キウイなどの果樹

が周囲に植わっている。ビニールを被せた畝にはレタスが結球し、端にはパセリやローズマリー、バジリコが寄せ植えになっている。

「まだ実が生《な》るのよ」

ソフィアは果樹の枝に引っ掛けてあった籠を取り、季節外れのトマトをもいで投げ込んでいる。

風情のある家だった。パッチワークのように、壁も屋根も継ぎはぎされている。少しずつ建て増ししたのだろう。地面から草木や花が伸びている絵が、外壁に描き込まれている。

吠《ほ》え立てるシェパードの横腹を叩《たた》いてやりながら、

「今晩は、うちで食べていってね」

招待に喜びながら、でも、と闇の中の絶壁を思い浮かべて躊躇している私に、

「心配しないで。奥の部屋が空いているから泊まっていけばいいのよ」

不思議な夕食だった。ソフィアは畑で採ってきたばかりのトマトを次々と手で絞ってザルに上げ、あっという間に玉ねぎと人参をみじん切りにし、全部いっしょに深鍋に放り込んだ。鍋底でたぎるオリーブオイルに、具が泳ぐ。坂道を背負ってきた買い

物袋から、挽肉の包みを丸ごと加える。肉汁と野菜がジュウと音を立て、ボローニャが鼻先に現れた。

「他所者なのよ、私も」

ソフィアが沸き立つ湯に投げ入れたパスタは、手打ちのタリアテッレ《平麺》だった。

大鉢にソースとパスタを混ぜ合わせていると、台所の窓の向こうに月が出た。

チイチイと羽音がし、リーンリーンと虫の音があちこちから聞こえる。ソフィアは電灯を消し大鉢を抱えると、屋外に向かって顎をしゃくった。

住み始めた十年前は、電気もガスも水道も通っていなかった。

「家もなかったのよ」

あったのは、前後の壁だけ。青天井で、床は直《じか》の土だった。山を開こうと試みた地主が建てた道具小屋だった。ピューッ、とソフィアが突然、指笛を鳴らす。横の繁みから影が躍り出た。

「息子のダリオです」

ガサガサと頭上で枝葉が擦れる音がして、トン、と木の上から小さな塊が私の隣に飛び降りた。

「アガタ。娘よ」

十二夜くらいだったろうか。それでも月光は十分に明るく、ボロネーゼソースを絡めたパスタから立ち上る湯気も見えたし、湯気越しに親子三人とも挨拶できた。

「ダリオは十五年前の秋の満月の夜に生まれて、アガタは十二年前の夏の満潮時に生まれたの」

三人と犬。家族はそれだけ。幼子二人を抱えて一人であの絶壁、か。この山の上までソフィアを追い詰めた事情は、何だったのか。

月の下で仲よくパスタを分け合う三人を見て、オオカミの母子を連想する。


シチリア島出身のルイジ・ピランデッロが書いた小説に、『月酔い』という掌編がある。

荒地の真ん中にぽつんと建つ田舎家に、新婚夫婦が暮らしている。妻の母親が見つけてきた夫は、極端な無口。何も話さないので、二人なのに独りの生活だ。ところがある晩、夫が豹変する。茫々とした地に満月が昇り始めると、身悶えし、家を飛び出し、木を揺すって、うめき、悶え、やがて四つ這いになって月に向かって咆哮《ほうこう》した。

白い月光は、暗闇を少しずつ照らし出していく。荒れた地を吹き荒ぶ風に夫の遠吠えが混じり、葉を落とした木が黒くなびく……。

そのやり場のない荒寥《こうりょう》感は、読後何年も経った今でも胸に迫る。

月が満ちると、ソフィアから声がかかるようになった。何度か訪ねるうちに、月光の下、山道を歩くこつを覚えた。最後の急勾配を登りきると、ほっとした。ここまで来れば、もう大丈夫。山と月に見守られているような、静かな安堵《あんど》感があった。畑のところからもう、野菜を炒める匂いがしてくる。何度来てもメニューは、ボロネーゼソースのタリアテッレと決まっていた。今日は少し早めに着いたので、まだ暮れきっていない。薄紫色から藍色に変わっていく空の裾に山々が黒く沈んで、月を待つ。

「いらっしゃい。いつもお話は聞いていましたのよ」

外から台所の窓の下へ回りガラスを軽くノックすると、湯気といっしょに見知らぬ老婦人が顔を出した。老いているものの、しっかりした肩の線がソフィアと同じだった。

皆が帰宅するのを待ちながら、老母にボロネーゼソースの秘伝を教わった。

「でも正確にはボローニャ生まれではないのです。近郊のクレモナという小都市で育ちましたの」

家ごとの味がある。それは牛肉と豚肉の割合であり、「豚肉とはいってもいろいろですからね」。豚の挽肉の代わりに香辛料を利かせた自家製ソーセージをうちのレシピでは使う、とソフィアの母親は胸を張った。セロリを加えるレシピもあれば、トマトの量を極力抑えて煮込むものもある。「塩加減より肝心なのは、締めの砂糖です」

やっと鍋を弱火に任せて、

「さて、どこからお話ししましょうか」

訊きたいのでしょう、娘のことを。老母は、目でそう問うている。

「夫も同郷でした。私たちは結婚してすぐ、職探しにミラノへ移住し、ソフィアはそこで生まれましたの」

息子二人が続いて生まれ楽な生活ではなかったが、ちょうどイタリアは戦後の好況に沸いていて、ミラノには働き口があった。ソフィアの父親は工場での夜勤のあと仮眠して、日中も塗装や運搬など細々とした仕事を引き受けた。

「働き詰めでした」

他界。ソフィアは専門学校に上がったばかりだった。

幼い頃から感受性の強い子だった。何時間でも窓の外をぼうっと眺めていたり、野良猫を相手に話し続ける娘に、父親は一度も勉強を強制しなかった。ミラノでも有数の美術専門学校に進学。個性的な生徒が多い中でも、ソフィアは特に目立った。才能も、言動も、容姿も。

「大変な父親っ子でしたから、さみしかったのでしょう」

父を失ってしばらくしてから家にボーイフレンドを連れてきたときには、もう下腹の膨らみがわかるようになっていた。

「僕は芸術家です」。ソフィアよりかなり年上だったが、個展の実績も今後の創作予定もなかった。毎晩ソフィアの家で食べるようになり、食後は決まって滔々《とうとう》と芸術を論じ、哲学を語り、自作の詩を暗誦《あんしょう》した。

赤ん坊が生まれてからも彼は相変わらず青臭い観念論を説くばかりで、いっこうに働こうとはしなかった。家族を養ったのは、ソフィアである。

「ただ年上というだけの理由で、父親の代役として頼っていたのかもしれません」

とうにソフィアは専門学校を中退していた。母親に子どもを頼み、清掃や家事手伝いをいくつもかけ持ちした。偉大な夫を支えているのは自分だ、と思うと少しも苦ではなかった。自分を守ってくれる男の人がいることは、何にも代え難かった。第二子誕生。

そしてある日、決壊した。

二人目が生まれた夏、子どもの保育園友だちが郷里にソフィア一家を招待してくれた。「海と山をいっしょに楽しめるところなのよ」。週末だけのつもりが、ひと夏に延びた。青白い顔をして泣きべそばかりかいていた子どもたちが、みるみる健やかになるのを目の当たりにしたからだった。ソフィアは、相変わらず無職の夫に子どもたちを任せて一人でミラノに戻り、働いては週末ごとに海へ通い、夏を終えた。

ミラノに秋が訪れた。これからまた毎晩、夫の小難しい芸術論を聞いて過ごすのかと思ったとたん、気がふさいだ。〈そうか。自分はこれまで、夫に父親の幻影を重ねていただけだったのだ……〉

「遅番の日にソフィアが子どもたちを引き取りに来て、そのまま行方がわからなくなってしまいましてね」

老母が口をつぐむと、背後からグッグッとボロネーゼソースの煮える音が聞こえてくる。玉ねぎの甘い匂いにトマトの酸い香りを包んだ湯気が立ち上り、家じゅうに温かな気配が広がっていく。

「ここぞというところで、あえて小休止するのがコツです。何度も煮込むと味に深みが出るのですよ」

老母は話の途中で鍋の火を消して、私を外へ誘った。

山の冬も間近である。夜の帳《とばり》が下りる、とはよく言ったものだ。暖色から寒色へ順々に薄い衣が空に重なり合い、まとまって垂れ落ちていくように見える。

黒く沈んだ山に囲まれて、月を待つ。今日、老母に会ってからずっと気になっていることがあった。いったいどのようにして、この人は坂道を登ってきたのだろうか。数日前まで雨続きだった。たとえ彼女が健脚だとしても、ぬかるんだ山道は容易ではないだろう。しかもあの絶壁もある。

不思議がる私には応えずにただ愉快そうにしていた老母は、突然ピューッと大きく指笛を鳴らした。

ガタリ。

不意に誰もいなかったはずの家から、大柄な男性が玄関ドアを開けて出てきた。大股で階段をひとまたぎで下り、こちらへ近づいてくる。地面を揺らすような堂々とした足取りだ。まるで熊だ。顔一面にひげを生やし、眉はひと繫がりで額に横一文字の太線が引いてあるようだ。瞬きするとバサバサと音を立てそうな濃く長い睫毛《まつげ》。大きな目がやや垂れているおかげで、ギョロリと視線を合わせられても愛嬌《あいきょう》が残る。日が暮れて肌寒いのにタンクトップ一枚だ。むき出しの首元や肩、二の腕が隆々としている。ひげに覆われているけれど、意外に童顔だ。まだ三十代後半といったところだろうか。

いらっしゃい、と言う代わりに大きな目をゆっくり瞬かせただけだった。そして黙々と男性は外のテーブル周りに人数分の椅子を置き、畑に放り置かれていたホースを巻き上げ、軒下に山積みされた薪《まき》から太い五、六本を素手で軽々と抱えて奥の窯《かま》へ運んだ。

「イヴァンよ。難所は、彼が背負ってくれるの」

老母は玄関脇に立てかけてあった大きな金だらいを地面に置くと、中に入ってかがみ込んで見せた。縁に開けた穴にヨット用の太いロープが結び付けてある。犬やトナカイの代わりに、イヴァンが引く。ぬかるみだろうが岩が飛び出ていようが、ものともしない。金だらいを元あった場所に戻しながら、それが古い自動車のボンネットであるのに気がついた。

あの日、子ども二人と夜逃げするようにミラノをあとにしたソフィアは、迷わず夏を過ごした海と山の町へ戻った。何の心算《こころづもり》もなかった。知人を当てにすると、居場所が知れてしまうかもしれない。山奥へ続く道沿いのバールに、娘を抱き息子の手を引いて入った。

「濃いめのエスプレッソコーヒー。それから、これにお湯をいただけないでしょうか」

哺乳瓶を差し出したソフィアに、「何かありましたか」と、女店主が声をかけた。

この先の道には外灯がないが、どこまで行くのか。迎えの者がいないのなら、自分が送っていこうか……。

女店主は重ねて尋ねたが、ソフィアは「ご心配なく」と、疲れた顔で弱く笑って首を振るだけである。寝入った娘を抱き息子は背負って店を出ていきかけて、立ち止まった。

「ここの掃除に雇ってもらえませんか」

女店主の計らいで、ソフィアと子どもたちは近くの山村にある修道院に身を寄せることになった。諸事情がある女性たちを引き受け、保護し匿《かくま》い、自力で新しい人生を始められるように支援するのがその修道院の任務だった。

しばらく花農家を手伝った縁で、ソフィアは苗運びや植えつけの仕事をするようになった。人の目が多い海浜部から離れ、山間部で農作業をする。生活暦を頼りに月齢に合わせて土を耕し、種を植える。難しい農業の理論を振りかざす人はいない。月と土と花を相手に暮らすうちに、ソフィアは山と同化した。

「貸してもらえないか、持ち主に頼んでみましょう」

栽培の要領を覚えた頃、シスターが提案した。山林を持つ信者がいるが、老いて手入れがゆき届かず荒れたままになっているという。早速ソフィアは下見に行き、すべてを退けるような山のたたずまいに惹かれた。やっとたどり着いた山頂で寝転び、ぼうっと空を眺めて時が経つのを忘れた。

ソフィアが夜の山道を戻って来られたのは、遅い帰りを案じたシスターがイヴァンを迎えにやったおかげだった。幼い頃に同じ修道院でイヴァンは母と世話になり、学校を出てからは、シスターの口利きで機械の修理や運搬など雑用全般を引き受けて、生計を立てていた。独り暮らし。対人関係が苦手で、海よりも山を、日中よりも夜を好む無口な男だった。

鍋を外の食卓へ運ぶ。山の下方で木がざわつく。それを合図のように、イヴァンが大鍋に塩とパスタを投げ入れる。間もなく、ソフィアが息子と娘を伴って畑を横切ってくるのが見えた。

チャオ。

細いソフィアが砕けてはしまわないかと思うほどに、イヴァンが抱きしめる。

東の山の上に月が昇り始める。鍋に黒々と沈んでいたソースが、月光を受けて赤く照り返す。イヴァンが熱々のパスタを皿によそい分けていき、老母がその上へ濃厚なソースをふた匙分ほど載せて回る。

音のない夜だ。各人の皿に、銘々の月が光っている。

波酔い

ミラノから電車でも二時間とかからないところに、小さな港町があった。息抜きがてら通ううちに、港近くに工房を持つ船大工と仲よくなった。

「一艘、見にこないか？」

ある日、親方から連絡があった。事情があって、地元でよく使われていた貨物用の帆船が船主を失った。このまま係留しっ放しにしていると木が傷み廃船になってしまう、と親方は声を落とした。何代も続く彼の工房では、木材を慎重に選び、板を濡らしては少しずつ曲げ、一片ずつ丁寧に組み立てて木造船に仕立ててきた。

「もうあの手の船は造れないだろう。発注が減り、祖父の代で秘伝の技も途絶えてしまってね」

加えて、船体やマスト、舵に使っていた良質な木材もなかなか手に入らなくなった。昔のアフリカ産のチークは撥水が段違いによかった、と親方は溜息《ためいき》を吐《つ》き、

「そりゃあもう、今の樹脂製の船とは格違いでね。荒波の中でもどっしりと落ち着いて、実に優雅だった……」

沈んでしまう前にぜひ見ておくといい、と重ねて誘われ港町へ向かった。

シーズンオフで誰もいない海に浮かんでいる船は、美しい骨董品のようだった。湾の奥に係留され、湖面のような海に老いた姿を映し出している。一帯の歴史をまとったような風格があった。

親方と小舟を出して、船の周りを時間をかけて回った。小舟の立てる波が帆船の腹へ寄せ、当たり、砕けて泡になる。波間に陽が細かく割れて散り、広がっていく。見上げると、マストが海と空を繋ぐ橋に見えた。

〈放ってはおけない〉

船舶免許も持っていないのに、私は迷わずその場で購入と船上生活を決めてしまった。生まれ育った神戸の海が、突然そこへ現れたように感じたからだった。

沖に出せなくてもかまわない。老いた船をいたわりながら、海に暮らす。起点に戻れ、と遠くから言われたような気がした。

ジェノヴァを州都とするその一帯は、古代ローマ時代から、いやおそらくそれ以前から地中海航路の重要な拠点だった。ヴェネツィアやナポリと並んで、イタリア半島の出入り口として知られてきた。ヨーロッパが世界と交差するところ、と言い換えてもいいだろう。

海と陸の関係は、よいこと悪いことの背中合わせで成り立っている。新規の事象と同時に、異物や弊害も侵入してくる。対するリスクが大きければ、それ相応の見返りも期待できるものだ。〈守りより、挑戦を〉。未知への第一線となるこの海際には、昔から当たって砕けよ的な気概を持つ人々が集まった。陸に広まる前にいち早く新事業を察知しよう、と投資家たちも集結した。情報が集まり、物資が流れ、金脈を生み、多様な人材がそろった。こうして世界で最初の公立銀行は、この州都ジェノヴァに開業した。一四〇七年のことである。

周辺には、運搬業と金融業が発展した。物資、人材、情報、資金、時間……。扱う物は異なるが、要は流れを管理するプロたちである。流れをよくするための仕事が、いくつも派生して地場の基盤を成していった。船大工の工房は当然のこと、帆の縫製工房や係留ロープ、錨《いかり》にブイ、ネジや灯火、無線や警報用の信号弾などの船舶関係の部品工場に始まり、湿気に強い服飾雑貨や日用品、釣り具店、塩漬けやオイル漬け、乾物など長期保存可能な加工食品工場、積み荷や乗組員を対象とする保険の代理店などである。時代が移っても、日常生活のあらゆる場面が海と連動している土地柄は変わらない。

実際に船上生活を始めると、他の町では見聞きしたことのなかったもろもろと出会った。たとえば、船の汗。日が沈むと、木製の甲板が濡れる。日中に船が吸い込んだ湿気を吐き出すのか。あるいは、昼間に蒸発した海水が夜とともに下りてくるのか。浮かびながらも、船が海にすっぽりと包まれる瞬間だ。凪《なぎ》に立ち上る濃い潮の香は、海の吐息のよう。沖に出て帆が張ると、集まってくるカモメたちと目が合う瞬間。海の底に映る雲の影。帆綱がマストを打つ音。海と空の境が交じる薄暮の一瞬。空にピンク色の帯が幾重にもたなびく。そして、新月の夜。月のない海には、はてがない。視界には闇が広がるばかり。聞こえるのは、ボラード《係船柱》に結んだロープが船の揺れに合わせて軋《きし》む音と、岸壁に当たっては返す小さな波音だけだ。

それまで、船上生活とは海を知ることだと思っていた。ところが、板一枚下の海に抱えられて私が向き合った相手は、他でもない自分自身だった。

運搬を活路とする地域である。道路や鉄道は便利でミラノからのアクセスもよく、いろいろな人が訪ねてきた。ミラノは奇妙なところで、小さな町なのに落ち着いて人された。最新情報はミラノ人の命であるため、寸暇を惜しみ遊んで学び、働く。朝から晩まで、人々は小走りである。ぼうっとしていると、後ろから突き飛ばされそうになる。

ところが船で暮らし始めると、しばらく会っていなかったような人も電話一本でミラノから軽々とやってくるようになった。

「それじゃあ明朝、遊びに行こうかな」

引越しの報告も兼ねて電話をすると、レンツォは近所の公園に散歩にでも行くように言い、本当にそのとおり、翌朝早く私が甲板に出てみると、レンツォが桟橋に立って手を振っていた。

大陸側から海の上を通って干潟のヴェネツィアへと架かる橋には、〈自由の橋〉という名前がついている。大陸側からも海側からも、橋の向こうには自分たちの日常とは違う世界が待っている。普段のしがらみから解き放たれ、自由を求めて橋を渡る。

船も、陸と海の間に架かる自由の橋のようなものかもしれない。平素、電話で挨拶する程度のつき合いだったレンツォがやってきたのも、訪問するためというより非日常への橋を渡りたかったからではないか。

レンツォは三十代で仲間と広告代理店を立ち上げた先鋭のビジネスマンで、六十歳を過ぎた今も業界の最先端にいる。自社の財務を管理している。設立仲間はクリエイター出身で、斬新だがつい前のめりになることもしばしばだ。跳ね馬たちの手綱を引いたり緩めたりするのが、レンツォの任務である。新規の仕事を前に社内が沸き立っているところへ、

「撮影は、すべて国内で済ませること。制作にかかる時間と費用は、前回の半分でまとめてもらいたい」

レンツォが淡々と通告する。会社が順調なのは、その冷静な判断力のおかげなのだ。社内では畏敬の的だが、若手は懐かない。

「お遊戯会をしているわけではないのでね」

ランチタイムもコーヒータイムも、たいていレンツォは独りだ。

足場板《タラップ》を桟橋に下ろし、レンツォを甲板に迎える用意をする。船舶は、船主の領土扱いとなる。板を渡り、陸から船という独立した領域へ入るのである。治外法権を持つ小さな浮き島のようなものだ。

「チビ、おいで！」

カタカタカタと桟橋の向こうから軽い音が近づいてきて、小さな男の子がレンツォの脇に走り寄った。小学校に上がったばかり、というところか。

「息子のフェデリコです」

照れながらも、男の子は大きな目をクリクリさせて周囲を見回している。レンツォにこんなに幼い子がいたなんて。

二人を連れて、港に一軒だけのバールへ朝食に行った。普段は見かけない顔がちらほらいる。ミラノやトリノからの週末族なのだろう。生白い顔をしているから、潮灼けで年じゅう真っ黒な地元の人たちとはひと目で見分けがつく。

初秋の港は薄く靄《もや》に包まれていて、肌寒い。早速レンツォ親子は、ポケッタブルの防水ジャケットを羽織っている。屋外で週末を過ごすのに慣れているのだろう。有名なマリンスポーツウエアのロゴマークが、レンツォの胸元に目立つ。今しがた甲板で、パッケージから取り出したばかりの新品だ。フェデリコも父親と同じ濃紺のジャンパーを着ている。おそろいなのかとよく見ると、彼のは登山用品で知られるブランドだ。

海派と山派、か……。

息子の登山用ジャンパーを見て、ここに同行していない母親のことを考える。

レンツォの妻ミリアムとは、数年前の立食パーティーで会ったことがある。彼の会社が制作したテレビコマーシャルが、広告大賞を受賞した祝いの席だった。外見も会話も個性的な人たちの中でも、彼女は際立っていた。普段は独りでいることの多いレンツォが、ずっと妻と連れ立ちクライアントの間を回っていた。挨拶回りというより、スレンダーで強い眼差しが印象的なミリアムを自慢したくてならないように見えた。肉感的で甘い女性が多いイタリアではあまり見かけない、体型も振る舞いもさっぱりとした人だったが、いっしょに話をしていても微妙な距離感があった。自己主張の強いミラノで、不要に他人を構わない彼女の様子に一服の涼感を覚えた。彼女のような妻がいれば、たとえ会社で煙たがられたり疎《おろそ》かな交友関係であっても、レンツォがいっこうに応えないのは当然だろうと納得した。短い立ち話で、彼女が心療内科の医師だと知った。午前中は国立病院に勤務し、午後は自分の診療所で治療とカウンセリングをする。診療所は、広告やデザイン事務所が多く集まる、斬新なミラノを象徴するオフィス街にある。

レンツォとは、診察を介して知り合ったのだろうか……。

「夫とは、ある夏の休暇先でばったり会ったのです。ふだん診療所近くのバールでよく顔は合わせていたので、すぐに意気投合しまして」

ミリアムは私の邪推を退けるように、二人の出会いを自らそう説明した。南洋の海だったという。レンツォはダイビングの趣味が高じて、スペシャルダイバーの資格も持っていて時間ができると潜りに行く、と以前、彼から聞いたことがあった。

深い海と、いつも独りのレンツォ。近くにいるのに、遠いミリアム。

本当は治療がきっかけで知り合ったのであっても、あるいは偶然にヴァカンス先で会ったのだとしても、異国の海で起きたことは非日常の世界での出来事に変わりない。

ミラノに戻ると、二人はそのまま同居へと流れた。

運河沿いに市境まで下っていったところに、二人は新居を構えた。一帯には、戦後の経済ブームの頃に建てられた集合住宅が林立している。新しい建築工法と都会的なデザインの建物群は、イタリアの近未来の象徴だった。それが今ではすっかり古びて、夢の残骸と朽ちてしまっている。このあたりには夏が終わると晩春まで、ずっと霧が立ち込めて不便なのだ。「ナイフで切り取れるほど」とか「牛乳を流したよう」と形容されるような濃霧で、音も景色も覆い込んでしまう。グラシン紙越しに見るような景色が広がる。車も出せないし、歩くのすらひと苦労だ。町の中央からは離れている。

界隈には、時代に置いていかれた疎外感や場末感が幾重にも溜まっている。

「何もあんな外れを選ばなくても」と、周囲は呆れ反対したが二人は意に介さず、運河の前に建つ集合住宅の最上階をワンフロア丸ごと購入した。

「冬の夜、屋上に出ると、ヴェールをまとった闇しか見えないんだ。ここではないどこかに独り浮いているような感じでね」

競争の激しい広告業界で働くレンツォにとっても、都会で惑う人たちを診《み》るミリアムにも、その家は橋向こうにある別世界なのかもしれなかった。


バールでの朝食で父子を前に座っているが、クロワッサンが喉を通らない。

「どうだ、エスプレッソコーヒーを飲んでみるか？　お前ももう大きいんだからな」

「やっぱり、まだ早過ぎるな。七歳の脳が傷む。それじゃあ、ジュースにするか？　それとも今日は土曜日なんだから、朝からコーラを飲むか？」

「でも、腹が冷えるな。もう秋だし。クロワッサン一個で足りるか？　ハムとチーズ入りのトーストも食え」

「牛乳が欲しいって？　やめときなさい。船に乗る前は、乳製品は避けたほうがいい。船に酔うからな」

あの、とカウンターに向かってレンツォは手を振る。

「あとで、身がしっかり固いパンにアンチョビをたっぷり挟んだパニーニを一個お願いします」

「チビ、すごいぞ、このパニーニの威力は。食えば、絶対に酔わない」

「宿題は持ってきたか。あとでパパが手伝ってやる」

「潜水スーツを持ってきたから、岩場の近くで潜ってみようか」

「昼は何が食いたいんだ？」

「夜は陸に上がって、うまい店に連れていってやる」

「でも肌寒いかな。ジャケットでも買いに行くか」

「チビ、今は何色が好きなんだ？」

「……」

息子は黙ってジャムパンを頬張っている。返事しようにも、あまりに矢継ぎ早に訊かれて息も吐《つ》けない。小さな男の子は時々コホコホと乾いた咳をしながら何か言いたげに目を瞬くけれども何も言えず、軽く肩をすくめて私のほうを見たりした。しゃべり続けているレンツォは、自分の空回りに気がつかない。ふと見ると、彼の左の薬指には結婚指輪がなかった。

訪ねてきた地元の友人たちもいっしょに、昼前に船を出すことになった。秋の陽差しは高く強く、甲板はいい具合にカラリと乾いている。移り住んで以来、毎日のように甲板や甲板室の屋根に紙やすりをかけ、経年でささくれ立った板を滑らかにしてきた。船体の傷みはけがと事故のもとだ。いつ波に押されるかわからないので、船上では夏でも素足厳禁である。航海中に甲板でよろけて足の指や裏をけがしても、海上で可能な処置は限られているからだ。出航前には必ず訪問者の足元を確認する。

レンツォは、皮革製のデッキシューズ。繰り返し洗ってオイルを塗り込んであるのだろう。くたりと裸足になじんで、彼の海歴がよくわかる。一方息子は、白いソックスに底にエアクッションが入った真新しいスニーカーを履いている。揺れて波を被りでもしたら、数日は乾かず臭いがつくだろう。

「ランニングに行くわけじゃないんだ。そこにおとなしく座ってろ」

息子に舵取り役の地元船大工が、甲板にネジで固定された荷箱を指して命じている。足元を見ていた私に気がついて、フェデリコは小さな手で真っ白の紐を解いては結ぶ、を繰り返し見せて得意げである。新学期に合わせて夏休みに練習したのだろう。「ママが買ってくれたの」

猫派と犬派がいるように、休暇先選びにも山派と海派がある。海派は冬でも海を選ぶし、山派は低くても高くてもまず登る。

息子のジャンパーと靴は、陸《おか》向きだ。かつて南洋で会い、情に溺れた二人ではなかったのか。子を得て今、一人は海に残り、もう一人は海から離れてしまったらしい。

「海は、元気があるときに行くもの」と、聞いたことがある。波が寄せては返し、当たっては砕ける。繰り返す動きと音を前に放心できるのは、気力と体力があるときに限る、という説明だった。波酔い、とでも言うか。

一方、山は動じない。高低があっても、自分の足と意思で進めて止まれる。視界の中に見えるものは動かない。確かで、安心できる光景だ。幼子や老人、弱っている人は山で過ごすといい、という説明だった。

「いっしょに暮らし始めてしばらくは、常夏の海を巡って楽しかったんだけれどね」

沖に出ると、揺れに誘われるようにレンツォが少しずつ話し始めた。

仕事の合間に、海から海へ。そして懐妊。二人旅だったのが、幼児連れとなった。ミリアムは浜の日陰に赤ん坊と残って波を眺めて過ごし、待ち、やがて退屈した。波酔いしたのかもしれないし、長い酔いから醒《さ》めたのかもしれなかった。

〈近くにいるのに、遠い〉

妻が離れていくのを留めようと、レンツォは思案した。海でもなく山でもないところ……。そして、ミラノから車で小一時間の湖畔に家を借りることにした。

歩いて一周できる小さな湖だった。浅く静かで、家の庭まで湖端が寄せ、芝生の先に延びる桟橋にボートを繋いだ。庭を散歩しているうちに、知らずと湖へ引き込まれていくような錯覚を覚えた。

果たして波の立たない水は、見る人の気持ちを落ち着かせるのだろうか。

湖は、音もなく暮らしの中に沁み入ってくるようだった。晴れていても、いつも湿っぽい足元。冬の長雨はそのうち霙《みぞれ》となり、やがて雪へと変わる。しかし降っても降っても、積もらない。湖面に薄氷が張り湖畔の泥道が凍ると、景色ごとスノーグローブの中に閉じ込められたような寒さがやってきた。暖炉に薪《まき》をくべても、ジィジィと音を立てるばかりで火が点《つ》かない。家の中は、人がいない間に湿気を溜め込んでいる。古い石敷きの床は湖から浸み出る水を吐き出して、濡れている。壁が冷たい汗をかく。カーテンの裾は、湿気の重みで垂れて床に届いている。ソファに寝転ぶと、ひやりとしてカビ臭い。布はいったん濡れると、数日では乾かない。週末にミラノの喧騒から逃れて湖に着いても、まず暖炉を焚き、コンロやオーブンに火を入れて、暖まるまで台所で過ごさなければならなかった。そして何より、湖に集まるのは、波も坂も性に合わない人たちなのだった。平板で、刺激のない住人たち。土地柄は人柄なのだろう。

じめついた人が多く、気づかないうちにこちらの家の中に入り込んでくるようなところがあった。浸み入ると、なかなか乾かない。

「カビと湿気が原因でしょう」

フェデリコの止まらない咳を、ミラノの医者はそう診立てた。

湖のせいだけではなかっただろう。子どもは、同じことの繰り返しが好きなものだ。居場所も、遊び相手も、遊具も、食べるものも。少しずつ自分なりの習慣を身につけ、変わらない毎日に安堵する。大人の事情でミラノと湖畔を往来させられ、フェデリコの基盤は揺らいだのかもしれない。


レンツォ親子は、土曜日の早朝にやってきて日曜日の夕食後にはミラノへと帰っていった。二日弱の滞在だったけれど、限られた空間である船上でいっしょに過ごすうちに私も咳き込みたくなった。止まることのない父の問いかけは、次々と立つ波頭のようだった。桟橋に下りたったとき、都会の七歳の男の子に戻ったフェデリコは、待ちきれなかったように靴紐を結んでみせた。

岸壁から、派手にタイヤを鳴らす音が聞こえた。息子が喜ぶと思ったのだろうか。

波酔いしたのは、妻ではなかった。

麝香

香港からミラノに直行便で着いた。アジアを深夜に発ちヨーロッパに早朝着くので、多忙なビジネスマンたちが多いフライトだ。旅慣れた彼らは手荷物だけで、入国審査を終えるとすぐ携帯電話を耳に足早に出口へと向かい、迎えの車に飛び乗って空港をあとにする。

大きなスーツケースはないものの迎えの車もない私は、ミラノ市内へ直結する急行電車に乗る。機内で過ごした十二時間の退屈と座り疲れには、プラットホームまで歩くのもいい運動だ。〈十二時間のフライトなんて、軽い軽い〉。ジェット族気分で、意気揚々と電車に乗り込んだ。

ヨーロッパ圏外との発着が主な空港なので、電車の乗客も遠方からの異国人が目立つ。観光の団体客は空港からバスで移動するので、電車内の外国人は個人旅行でそれなりにイタリア慣れしている人たちだろう。終点は、ミラノ北駅。閑静な住宅街の中にある。いつもならここからはタクシーだが、今日はスーツケースもないうえにまだ午前中だ。北駅からは、うちの近くを通る路線バスも出ている。キャリーバッグを引きショルダーバッグを肩に、バスで帰ろう。

混んでいる。ドゥオーモを中心にしたミラノの円周をなぞる路線バスで、市内の要所を縫って走る。二両連結の長い車体を尺取虫のように伸び縮みさせながら、カーブの多い専用レーンを器用に走っていく。停留所ごとに、四、五カ所のドアからは大勢が乗り降りする。北駅から乗る到着したての外国人とは別に、在住のヨーロッパ圏外の外国人も乗っている。アラブにアフリカ、インド、南米、アジア。頭から足元までを覆うヒジャブ姿の女性もいる。迫る夏に、混雑する車内は人熱れも相まって蒸し暑い。さぞ不便だろう、と見るともなしにその女性を見ていたら、横の男性が鋭い目線をこちらに向けてきた。私は慌てて目を逸らして、ヒジャブの裾を巻き込まないようにキャリーを足元に引き寄せる。

グラリ。

バスが大きく揺れた。ぎゅうぎゅう詰めではなかったが、揺れた拍子によろけた乗客どうしの肩や腕が触れ合った。

「おっとっと」

「ああ、すみません……」

「だいじょうぶでしたか」

声をかけ合う中、ツンと強烈な臭いが鼻を突いた。汗に脂が混じった、長らく洗っていないような体臭だった。思わず息を止めて顔を背《そむ》けたときに、ちょうど停留所に着いてドアが開いた。揺れたあと団子状に身体をひっつけ合っていた乗客たちの多くが降りていく。ドアのすぐそばに立っていた大柄な男性は、ドアが閉まる直前に飛び降りていった。ムンとそのときまたさっきと同じ臭いがした。汗に湿った身体のべとつきまで感じるような不快さが、身にまとわりつく。やっと空いた車内には軽く冷房も入り、ほどなくうちの近くの停留所に着いた。

肩に掛けていたバッグを脇にしっかり挟んで、キャリーを持って降りた。

〈あれ？〉

マンションの玄関の鍵を出そうとして、バッグの金具を留め口に差し込み忘れていたことに気がついた。自分では疲れていないつもりだったが、やはりぼうっとしていたのだろう。

やれやれ、と家に入ったところで、今度は財布がなくなっているのに気がついた。

バッグはずっと脇の下に固く挟み込んで持っていたのだから、財布を落としたり盗まれたりするはずはなかった。しかし通りざまに鞄をカッターナイフで切り、瞬時に中身を抜いていく輩もいる。バッグの側面や底を確認したが、無傷のままだ。

あの目。

臭い。

ぶつかり合った腕。

湿って生温《なまぬる》い吐息。

ドア近くに立っていた大きな男。

悪臭に顔を背けた一瞬。

……。

「それ、グルだわね」

いつどこで財布を失《な》くしたのか、と意気消沈してボヤく私から車中の様子を聞いていたキオスクの老店主は、即座に断言した。

「狙った相手の鼻と目を逸らす役に、よろけるふりをして獲物に手を伸ばす役。即、手渡された戦利品を持って車外に逃げるのが三人目」

閉まりかけたドアを肩で押さえるようにしながら降りていった大柄の男の後ろ姿を思い出す。あのとき再び漂った臭いは、仲間が逃げやすいようにグルたちが、よもや掏《す》られたことに気づくかもしれない私を阻もうと、近づいたからだったのだろうか。

その不快な臭いはしばらく鼻先から離れなかったが、だんだんに薄れ、そのうち忘れてしまっていた。


あっ！

顔を背けた瞬間、忘れていた一連の記憶がフラッシュバックした。大陸側から海上を通る道路で、ヴェネツィアまでバスで向かっているところだった。ふいにバスが揺れ横に立っていた人が手すりの高い位置につかまろうと腕を上げたとたん、強い臭いが襲った。目に沁みるほど強烈で、私だけではなく周囲にいた何人かがいっせいに顔をしかめている。

「やあ、お久しぶりですね」

その男性が長身を折って私のほうに顔を近づけ、人懐っこく挨拶した。ヴェネツィアでの美術展や映画祭の広報を担当する友人、モニカの夫だった。蒸し暑いのに、ダークスーツにネクタイを締めている。前に会ったのは冬だった。モニカから誘われて行った美術展で紹介され、バールで少し立ち話をした。帽子を目深に被りマフラーを口元まで引き上げていたので、顔はうろ覚えだった。口数も話題も少なく、会話は滞りがちだった。ただ彼が話すイタリア語には、西欧の外国人とは違う独特のイントネーションがあったことを覚えている。

ヴェネツィアに向かうバスは、通勤、通学客で混み合っている。観光客は、タンクトップにショートパンツ、ビーチサンダルのリゾートスタイルだ。夏のヴェネツィアには、潮を含んだ湿気と溜まり水の臭いがよどんでいる。湿気がねっとりと身体にまとわりつく。そういう中で背広にネクタイは目立った。

彼の強烈な体臭に気圧《けお》され、ヴェネツィアに着くまで上の空で話をした。じゃあね、とやっとバスから降りて別れたとたん、それまで話していた内容はすぐに忘れてしまったが、臭いは残った。

モニカと知り合ったのは、偶然だった。ヴェネツィアは冬の底になると悪天候と冠水が重なり、観光客の足が途絶える時期がある。脚のつけ根までのゴム長靴でも役に立たず、日に二回ほど起こる冠水を避けるために、予報を頼りに外出時間や道順を決める。寄せては引く水と共存して暮らす。

あるとき、冠水前にヴェネツィアに着くように到着時刻を調べて乗った電車が、大陸側が吹雪いたせいで大幅に遅れたことがあった。すでに駅舎まで水が寄せてきていて、道は沈んでしまって見えない。水が引いて歩けるようになるまで、数時間を近場のバールにでも避難して待つことにした。

サンタ・ルチア駅のプラットホームを伝うと、少し高台になった駅裏へと抜ける。商業施設に改築されたばかりの大きな建物が数棟、並んでいる。石壁に水を阻止してもらいながら建物の裾伝いに歩くと、新しい橋の袂に出る。緩やかな曲線を描く、高くて長い太鼓橋だ。落成時には斬新な外観と最新の建築工法で話題をさらったが、やがて少しの雨や雪でも滑って渡りにくいことがわかって、以降、悪評ふんぷんである。

観光客がスーツケースを、地元住民がキャリーバッグを引きながら橋の階段を上れるように、中央部分に帯状のバリアフリーのレーンが設けられている。けれども急な傾斜が濡れると、歩くのはもちろん荷物を引くにも不便だし危険だ。晴れた日にはその中央レーンを行く人もいるが、悪天候ではさすがに皆、橋の両端にある階段を使う。幅狭なところに大勢が傘を差して上り下りするため、混乱する。通行人はひと塊になって、ノロノロと階段を昇降している。そういう中、ひざまでの長靴を履いた女性が、怯まずに中央レーンをさっさと上っていく。その足取りを見るに、かなりこの橋を渡り慣れているのだろう。

　大橋の向こうには、ヴェネツィアと大陸側を結ぶ路線バスの発着所が並んでいる。大水が出てバスも遅れているらしい。各停留所には長い列ができている。さきほど橋をぐんぐん渡った女性は停留所に人と水が溜まっているのを見るや、運河沿いにある大型スーパーマーケットへと入っていった。ヴェネツィアの達人に倣おう、と私も店に入った。入るなり、その女性は近くを通りかかった四十代半ばくらいの女性に声をかけ、笑い声を弾ませおしゃべりを始めた。

「カルロは、進学先をもう決めたの？」

「××校よ」

　大陸側にある、よく知られた観光業養成の専門学校を挙げる。

「ハンサムだし優しいから、きっと優秀なホテルマンになるわね」

　互いの家族の近況報告を二つ三つ。じゃあまたね、と抱き合って挨拶を交わして二手に分かれ、それぞれ主婦の顔になってカートを押しながら奥へと歩いていった。見回すと、店内はこの二人と似たような姿恰好の人たちで混んでいる。店の前の運河沿いの通りには、水上バスの停留所が並んでいる。いま大陸側から着いた人、これから大陸側へ渡る人が、混雑が収まるまでの待ち時間を利用して買い物に立ち寄るのだろう。元気のいいヴェネツィア訛りが入れ替わり立ち替わり聞こえ、スーパーマーケットはまさに船着き場だ。店に入ってきた客がレジの店員に〈本日のお買い得〉を尋ねていると、「洗濯用の粉石鹸と豚肉の小間切れが安いわよ」と、横を通りかかった先着の客が教えながらカートの中を見せている。それを振り返ってのぞき込む初老の男性がいれば、「オレンジが食べ頃ですよ」と、若い女性が勧める。強い連帯意識は、水に囲まれて暮らす人々の生きる術《すべ》だ。

「もっとおいしい店が外にあるから」

惣菜《そうざい》売り場で、ヴェネツィアの郷土料理であるタラのペースト《バッカラ・マンテカート》を私が買おうとしていると、件《くだん》の女性が鼻に皺を寄せてダメダメと首を振っている。助言に従って私が買うのをやめると、彼女はうれしそうにウィンクし、

「私、モニカ。よろしく。ヴェネツィアで働いているけれど、家は大陸側なの」

そこから先は、私たちはカートを並べて店を回った。モニカは売り場ごとに知り合いと会っては立ち話をするので、ひどく時間がかかった。けれどもレジに着く頃には私は、いくつかのヴェネツィア料理のレシピや次の冠水がやってくる時間、水上バスの運航状況、観ておくとよい美術展や開店したばかりのレストランの評判、とたくさんの情報を得ていた。それはどこにも記されていない速報であり、足と耳で集めた暮

らしの情報だった。日常茶飯事を見くびってはならない。足元に迫るのは、水だ。掬われるとおしまい。モニカがわざわざスーパーマーケットへ寄ったのは、ただの時間潰しではないだろう。水が上がってくる前に、渡り方を調べておく。動物が安全な方角を嗅ぎ回るように。

翌朝早く、極上のタラのペーストを買いに、モニカに連れられて町中央に立つ青空市場へ行った。待ち合わせたのは、リアルト橋の袂だ。ヴェネツィアには、全部で四百十七の橋がある。石造に木造、鉄製。祖先を中世までさかのぼれる生粋のヴェネツィア人もまだ見つかる。たいていが、ジャケットをひっくり返して裏地の縫い目や縫い上げまで知り尽くすように、路地から橋、橋から井戸、回廊の奥から塀の向こうの庭へ、建物の下部を貫くトンネル、と自在に歩く。ヴェネツィアには少ない広場や通りは、常に観光客の波に呑《の》まれていて、待ち合わせには不便だ。町をよく知る人たちは、橋で会う。

大運河《カナーレ・グランデ》に架かるリアルト橋は、ヴェネツィアの中心に位置する。橋からサン・マルコ広場への一帯は、町の盛衰を握ってきた。人とお金と情報は、この一帯の細流を伝って本流へ流れ、そして内海から外海へ、あるいは大陸へと向かった。リアルト橋からサン・マルコ広場への動線を征して初めて、ヴェネツィアの核心を知る、というところがあるだろう。

モニカとリアルト橋から市場に向かって歩いていくのは、激流をあえて逆行するようなものだった。早朝で、通りの店舗はまだ閉まっている。すれ違うのは、中央に働きに行く人たちだ。背が高いうえにハイヒールで、オレンジがかった明るい茶色の髪に、立派な胸を突き出すように歩くモニカは、向こうからやってくる知り合いを一人も見逃さない。もらさず声をかけ、挨拶されると、男も女も老いも若きも晴れ晴れとした顔になった。皆、急いでいるので立ち止まらず、最新の耳寄り情報をモニカに叫びながら行ってしまう。すると、うしろからやってきたもう一人が、別の情報をつけ加えつつ小走りで行く。スーパーマーケットのときと同じだった。モニカは国境に立つ検閲官のようであり、港口の灯台のようでもあった。人の流れは、情報の波だ。情報の浮き沈みは、暮らしの糧に直結している。モニカの横で、次々と港に入ってくる〈船〉を見ているうちに、特別な情報を持った船とそうでないものがあるらしいことに気づいた。これぞという船が来ると、モニカは舳先の前にハイヒールの足でさらにつま先立ちし、形のよい鼻を少し上に向けるのである。かなりの古式帆船だったり、ジェットボートだったり。手漕《てこ》ぎの木舟もあった。

モニカが笑うと波打つオレンジ色の髪が揺れ、その合間から念入りに縁取った目元がこぼれ見える。するとどの船も、舵取りを狂わせた。モニカの周りに、甘い香りが漂う。花のような柔らかですぐに消えてしまう甘さとは違って、鼻腔を突いて残る甘さだ。空に鼻をひくつかせていると、〈ここまでよ〉モニカから突き放されるような、渋味のある残香へと変わる。

様々な男性たちが足取りを狂わせ、色めき、肩透かしを食わされ、ふらつきながら再び現実に戻って歩いていく。

〈蜂の誘引液みたい〉

樹液や花、果実に集まってくる虫をおびき寄せて捕らえるために使う。塗香《ずこう》か、あるいは薫《た》きしめだろうか。それともシャンプー？

「どこでも買える香水よ。毎日、付け替えてはいるけれどね」

化粧ポーチの中に、香水のミニボトルやアトマイザーがいくつか見えた。

その日以来、モニカが広報を担当する美術展やコンサートに足を運ぶようになった。オープニングにはカクテルパーティーが催され、どの会場でも彼女は大勢の男性に取り巻かれている。輪の中に笑い声が立ちオレンジ色の髪が揺れると、周囲はぽうっとした。浮き足立つ男性ひとり一人に声をかけて回るモニカは、花の中を舞う蝶々だった。天職とはこういうことを言うのだろう。

〈ずっと君のことを考えている〉

〈明日、仕事が終わったらフェニーチェ劇場の裏で待ってるから〉

〈雪山で僕と週末を過ごさないか？〉

美術展のオープニングがあった日の深夜、モニカから自分が受け取ったメッセージが次々と転送されてきた。一般客に始まりスポンサーに出展アーティスト、現場スタッフ、周辺のレストランやバールの店主、ウエイター……。

「全部、ピンクよ」

ベッドに入って丹念に目を通し、何人かには返信もする。夜が更けるにつれやりとりは次第に深みへと入り、最初は思わせぶりだったメッセージがあからさまな欲望へと変わり、言葉が艶めいて濡れ、迫っては留めて、……。単語だけの秘め事。

「夫は出張が多くて、あまり家にはいないし」

独り寝の空想の色事、か。

「妄想じゃなくて、本物よ」

深夜メッセージでの交歓を経ると、翌日にはもう数人との密会予定で手帳が埋まるのだ、とモニカはピンクメッセージの転送を連ねたあとにつけ加えた。サバサバとして、背徳を悪びれる様子はない。

無口で陰気な、魅力に乏しいモニカの夫を思う。いっぽう、男たちを引き寄せてすり鉢の底へと引きずり落としてしまうモニカ。いったいなぜ、両極の二人が夫婦になったのか。

モニカの夫ペータルは、旧ユーゴスラビア出身である。紛争で両親は殺害され、兄は気が触れてしまった。祖国が解体されるということがどれほどのことなのか、想像もつかない。

ペータルは闇を抱えさまよい、気がつくと国境を越えていた。それは、古から異民族が新地を目指して踏破してきた道だった。そして、ヴェネツィア。西の世界の玄関へたどり着いた。

「彼に恋したわけではなかったの。大陸側の国道を歩いていたペータルは、ずだ袋同然だった。目には光がなくて、生きたまま死んでたのよ」

国際的な仕事に就くために外国語を学んだモニカは、風に飛ばされてきた木切れを拾い上げるように、彼を車に乗せて連れ帰った。

国を失った難民を救い、人間的な暮らしに戻れるように手を貸す。

〈これこそ国際貢献だわ〉

敬虔《けいけん》なカトリック信者である両親は、一人娘が連れ帰った不遇の人に同情した。

「天からの指令でしょう。守ってあげなければ」と、快く迎え入れた。枯れた木に、少しずつ生気がよみがえっていった。幹は太くみずみずしくなり、枝が張り、葉が繁った。青く甘い樹液の香りがモニカの身体に沁み入って、二人は結婚を決めた。

「乾ききっていたペータルから、青い匂いがした朝のことは忘れられないわ」

少しずつ人間に還《かえ》っていくとき、彼の身体の奥から生きる欲が湧き出したのだった。モニカが陶然としたのは、ペータルによみがえった動物的な本能に打たれてだったのか。あるいは、自分が尽くした善意への自己満足だったのか。


結婚してイタリア国籍を得たペータルは、現在貿易会社に勤めている。複雑な歴史を血に持つことと、世の中の多様性への臨機応変さが買われたのである。仕事は順調だが、生き続けていることが幸せなのか彼にはよくわからない。

〈モニカの両親の身体を借りて、死んだ両親が僕を加護してくれたのかもしれない〉

それならば死ぬまで生きることだ。求められるままに働き、愛情のない結婚生活ではあるが唯一の居場所であるモニカとの家へ帰ってくる。室内のあちこちに自分の体臭を確かめ、眠る。出張でしばらく空けていたベッドだが、枕にもマットレスにも、シーツの縫い目にまでも自分の匂いが滲み込んでいる。祖国も血族も失くしたペータルにとって、自分の体臭だけが存在の証なのだ。

「あの朝の匂いにまた会えないか、ずっと探しているのだけれど」

モニカが麝香《じゃこう》をまとって未知の男性たちの間を飛び回るのは、屍《しかばね》から這い上がったペータルから受けた、ほとばしる生のイニシエーションへと連なるからかもしれない。

寡婦

ブルーナは、私の家の筋向いに住んでいた。ときどき近くの広場で見かけると、ずいぶん離れたところを歩いていても早足でこちらにやってきて身体を二つ折りにし、「なんてお利口そうで、かわいらしいこと!」

私が連れている犬にきまってそう言った。同じことを言われるたびに犬は歯をむき出しにして、吠え返す。

「私のこと、忘れちゃったの?」のあと、「でも元気がよくて感心ね」「飼い主を守ろうとして、けなげだこと」「こう寒くては、吠えでもしないことには凍えてしまうものね」「吠える姿がまたいいわねえ」「今日もいい子にするのよ」と、続く。それでも彼女がにこにこと声をかけている間じゅう、犬は全身を震わせながら吠え続けるのだった。ブルーナは好《い》い人なのに。

いつも郵便配達人が持つような革製のメッセンジャーバッグを斜め掛けにし、急ぎ足で歩いていた。使い古されて飴色になった鞄は、ブルーナの腰骨にくたりとなじんでいた。着るものには無頓着《むとんちゃく》だった。ボサボサの白髪混じりの頭にギャザーがたっぷり入ったカラフルな化繊のスカートをペラペラと揺らし、上に黒いダウンジャケットを羽織ったりした。色や素材はてんでんばらばらだが、遠目にもすぐに彼女だとわかった。まずは外見ありき、のイタリアでは珍しいけれど、そこまで構わないとむしろ潔く、強い個性となっていた。

ある寒い日、ブルーナが大きなボンボンが付いたピンク色の毛糸の帽子を被っているのを見たときはさすがに度肝を抜かれて、私は思わず立ち止まってまじまじと見てしまった。

「高校生のお手製なんです」

以来、会うと彼女はきまって犬を褒め、少しだけ立ち話もするようになった。ミラノ郊外の古典高校（文系の高校の一般呼称）の校長だと知って、もう一度驚いた。身繕いもさることながらブルーナには、ベテラン教師にありがちな〈何事もお見通し〉というような態度や断固とした厳しい調子が少しもなかったからだ。どんなに寒くても必ず軍手のようなごつい毛糸の手袋を外してから、荒れてガサガサの両手で私の手を包み込むようにして挨拶した。

ある朝、分厚い本を読みながら路面電車を待っている初老の男性をブルーナは指差して、

「夫です。研究者なの」

分厚い本は専門書なのかもしれない。深緑色のオーバーコートに深く被った茶色のハンチング帽姿で読みふけっている様子は、穏やかで堅実な人柄のように見えた。ブルーナが身内に触れたのはそれきりだった。毎朝犬に声をかけるだけで、自分のことも話さなければ私にあれこれ尋ねもしなかった。それでも、

「困ったことがあったら、いつでも言ってくださいね」

決まり文句のように言い、別れ際を締めくくった。

普段着のまま素手で握手し合う隣人なのに、越えて向こう側へは行けない一線が厳格にあった。

挨拶するようになって一年ほど経った朝、広場に早めに出てブルーナが来るのを待ち受けた。難儀している資料読みがあったからだ。

「放課後にうちにいらっしゃい。いっしょに読みましょう」

私が持ってきたコピーにざっと目をやってから、彼女はいつものとおりにこにこしながら言った。資料はラテン語だった。しかもページ裾に並ぶ注釈の大半は、古代ギ

リシアの文献からの引用らしい。ラテン語と古代ギリシア語は、現在でも古典高校では必修課目である。

〈古典高校の校長のブルーナなら、きっと助けてくれるに違いない〉

問題をきっかけに、向こう側へ渡れるかもしれないという思いがあった。

約束の時間に訪ねていったら、建物の入り口までブルーナが下りてきて待っていた。

「ここは住居で、補習授業をするときは別のアパートを使っていますので」

案内されたのは、すぐ隣の建物だった。玄関のドアを開けると、中からひっそりと古書店のような匂いがした。半地下のうえ雨戸が閉まっているらしく、家の中は真っ暗である。

どうぞ、とブルーナが明かりを点けて、仰天した。それまで壁だと思っていたのは、積み重なる本だった。本の山の奥に、ガラス戸付きの棚が見えた。元は食器棚だったのだろうか。茶碗《ちゃわん》と皿の間に書類や封筒がぎっしりと詰め込まれ、わずかな隙間には電池や飴の箱が置いてある。ガラス戸の前の桟には、郵便物が乱雑に重なっている。

元は居間だったらしいそこには、歩くための余地だけ残して段ボール箱やファイル、おびただしい数の雑誌や新聞の束が床を覆っている。ブルーナは器用にその間をすり抜けて、奥へと進んだ。物が両側から押し寄せてくるようだ。これではろくに掃除もできないだろう。足の裏の感触ではリノリウム張りなのだろうが、すっかり黒ずんでいてよくわからない。

山を崩さないように気をつけて進んだ奥は、台所らしかった。ガスコンロの上に板が置かれ、その上にはまた本が山積みになっている。テーブルの縁には、びっしりとメモが貼ってあった。電話番号だったり、何かの品名だったり。メモしてある日付と時間は、補習授業の約束のものだろうか。混沌《こんとん》としていたが、ブルーナにとっては明確なのだろう。「ああ、そうだったわ」「電話しておかなくちゃ」「明日買いに行きましょうかね」。うなずきながら独り言ち、メモを反芻《はんすう》した。ひととおり確認を済ませると、おもむろに卓上に山盛りになっているものをワイパーのように腕で押し除《の》けて、

「まず、ざっと読んでみましょうか」

椅子を勧めてくれた。私の持ってきた資料をまず原語で、そして訳しながら、ゆっくりと読み上げた。ブルーナの要領のよい解説のおかげで、相当な量の資料の概要を知ることができた。私はラテン語をまったく知らないのに、まるで自力で文献をひも解いていくような錯覚を覚えて、古代へ旅する気分を楽しんだ。

「ラテン語は規則正しい言語です。古代ローマ人が造った街並みは、碁盤の目状に道

や区画が整備されていたでしょう？　言葉もあのとおりなのですよ。ただね、骨組みはしっかりしているかもしれないけれど例外は少なく、面白みには欠ける言語かもしれませんね」

ラテン語と同様に〈死んだ言語〉であっても、古代ギリシア語は規則破りの例外が多いそうだ。

「開放的で自由闊達《かったつ》です。だから世界を引っ張っていくリーダー格の言語となったのではないかしら。でも私は、地道で真摯な感じがして、ラテン語のほうが好きなの。古代ローマの人たちはギリシアを範として倣い、やがては超えようと努力したのでしょうね」

今でも〈古典を定礎に新しい発想を〉はイタリアの学校教育のモットーだ、とつけ加えた。

背後に並ぶラテン語や古代ギリシア語の辞書、古典文学や思想全集が、ブルーナの言ったことにいっせいにうなずいたような気がした。「〈死んだ言語〉の辞書は、一冊いいのがあれば買い換える必要はないから」と、気安く辞書を貸してくれた。私は文字の読み方も知らないから、引くこともできない。「生きているイタリア語をもっと知るには、古典からです」。いつの間にか、ときどきブルーナのその台所で〈死んだ言語〉の課外授業を受けることになっていた。辞書二冊を布袋に入れ、古典に肩が沈んだ。

それから毎晩、湯船に浸かりながら、〈一本のバラの〉〈一本のバラに〉〈何本かのバラは〉と、語尾変化を何度も繰り返したけれど無理だった。古代ローマと古代ギリシアは遠いままだったが、ブルーナとは少し近しくなった。

何度目かの授業のときに、そろりと猫が出てきた。箱とファイルの隙間に入り込み、そこからこちらを見ている。この家に生き物がいたなんて……。

「はいはい、待っててね」

ブルーナが食器棚から紙束や皿を動かして買い置きの餌がなかったか探していたら、奥から小さな写真立てが出てきた。

「こんなところにいたのね、アンジー！」

彼女はシャツの袖口で埃を拭って、写真の中の赤ん坊にそっとキスをした。

「孫です。もう中学生になりましたけれどね」

夫妻に子どもがいたことも知らなかった。幼子の背景には、イタリアではない町が写っている。額装してある写真は他に見当たらない。家族の記念行事である結婚式やヴァカンス、カーニバルの変装やバースデーケーキの写真は、撮らなかったのだろうか。

　クリスマスイブの朝、大急ぎで広場を歩いていくブルーナを見かけた。いつもの鞄を肩に掛け、大きく膨らんだリュックを背負い、両手にレジ袋を提げている。袋の口からパンや葉野菜、パイナップルがのぞいている。私に気がつき買い物袋を持ち上げたのが挨拶代わりで、〈そうなのよ〉と困ったような喜んでいるような顔で立ち止まらずに行ってしまった。老夫婦のための買い物の量ではなかった。もしかして、写真の孫を連れて子どもが訪ねてくるのだろうか。

　学者の夫と猫と本に囲まれた暮らしを思い浮かべる。音がなく光の差し込まない室内を思う。

　いよいよクリスマスなのだ。発つ人と戻ってきた人とが行き交って、町は浮き足立っている。商店街にはイルミネーションが点灯し、夜霧がぼうっとオレンジ色に染まっている。いつもより早仕舞いをする店やオフィスのシャッターを下ろす音が、あちこちから聞こえてくる。店の照明がこちらでひとつ、あちらでまたひとつと消え始めると、通りを行く人もつられて先を急ぐ。

通りの玩具店から、初老の女性が出てくるのが見えた。大きな包みを胸の前に抱えて、どんどん歩いてくる。イブの夜になっても、プレゼントを買い足しに店へ駆け込む人もいる。書店や玩具店、化粧雑貨店は、ぎりぎりまで店を開けて待っている。

〈間に合ってよかったこと〉

すれ違いざまにその女性とふと目が合った。〈ああ、ブルーナ！〉。くるぶしまでの寒色のウールのスカートは洒落ていたし、栗《くり》色に染めた髪はセットしたてで美しく波打っていたので、近くで見るまで彼女だとは気がつかなかったのだった。

「クリスマスツリーを出すのにひどく手間取ってしまって。やっとこれから料理なんです」

補習授業に使っている家のほうでクリスマスを祝うのだという。でもあそこは、家などではなかった。夫婦の生活に不要なものを溜めた物置だ。過ぎた時が澱となって、埃を被った不用品を覆っている。あそこにクリスマスツリーを飾り、家族で食卓を囲めるように片づけ、食器棚から埃を払い、幼いアンジーの写真も飾ったのだろうか。

胸元に抱えた大きなプレゼントの包みの上に、ヘアスプレーでかっちりとまとめた老女の頭が載っている。孫が生まれてから初めて、皆でそろって迎えるクリスマスなのだ、とブルーナは二度も三度も言った。

それまでの失敗や無礼を詫び、誤解を解き、不義理を埋め合わせる。愚痴や怒りは鎮めて根に持たず、赦《ゆる》す。行き違いをご破算にして人間関係を修復し、振り出しに戻って新しいスタートを切る。クリスマスは、そういう日だ。万人の喜怒哀楽が、夜空に昇っていく。

「小さい頃から勉強がよくできて、そのうえきれいな娘さんでね。でも高校から早々に北欧に留学してしまいそのまま現地で就職し、イタリアには一度も戻ってきていなかったはずですよ」

ブルーナと別れたあと暖を取りに入った近所のバールで、店主から聞いた。

「イタリアの古典高校では、ラテン語と古代ギリシア語が必修課目ですからね。逃げたかったのではないですかね」

そうだろうか。

霧の中のピンク色の帽子とペラペラのギャザースカートを思い出す。娘が離れたかったのは、熱心に古典を教えるあまり、今が見えなくなってしまった母親からではなかったか。

厳しい寒さが続いた。

久しぶりに家族がそろったブルーナ一家のクリスマスは、どうだったのだろう。

年が明けて学校が始まったのに、ブルーナを見かけなかった。最後に会ってから、かれこれ二週間は経つ。広場から建物を見上げても、どの窓が彼女の家なのかわからない。あきらめてうちへ帰ろうとしたとき、ちょうど中から犬連れの女性が出てきた。広場や公園で会う顔なじみで、ブルーナも交えて私たち三人はよく立ち話をしていた。彼女は私を見るなり、

「あんなことになるなんて……」

言葉を詰まらせた。

ブルーナの夫が急逝したのを知った。クリスマスの朝に。

ブルーナは予定通り、十数年ぶりに家族でクリスマスイヴを過ごしたという。なぜ長いあいだ娘が両親に近づかなかったのか、理由は知らない。私たちは知り合ってから相当になるのに、ブルーナは自分に娘がいることさえ言わなかった。あの日、孫の写真を見つけたあとも、二度と話に出すことはなかった。物置のようなあの家に厚く積もった埃と沈黙が説明の代わりなのだろう、と私からも尋ねはしなかった。

それほどのわだかまりもようやく解けたのか、とあらためてクリスマスの神力に感心していたのに。いったい何が起きたのか。

「娘一家のために、ブルーナ夫妻は必死で物置になっていたあちらの家を片づけたのよ。教授は大量の資料や本を抱えて、あちらとこちらを何往復もして……。やっとベッドが見えてきたと思ったら、カビでマットレスが真っ黒になっていたのですって」

必死の準備が間に合って、なんとかイヴの食卓を味わったあと、

「クリスマス明けに送らなければならないから」

夫は研究論文の見直しをするために、深夜のミサからひとり先に抜け出して帰宅した。ミサからブルーナが戻ってくると、夫は掛布団の上に分厚い紙束を置き、老眼鏡をかけてベッドサイドのスタンドを点けたまま、ぐっすりと寝入っていた。

〈食事しながら夫が声を上げて笑ったのは、いったい何年ぶりだったかしら〉

時代遅れのデザインだったけれど、ジャケットをきちんと着た。ブルーグレーのシャツにストライプのネクタイは、地味ながらも老研究者らしくて風格があった。孫が尊敬の眼差しで夫を見ていたのが、ブルーナはうれしかった。

平凡な情景だったが、ブルーナ一家には格別の贅沢《ぜいたく》だった。

そして翌朝、夫は二度と目を覚まさなかった。

二月も半ばを過ぎた冬の底、広場を横切る見覚えのあるスカートとダウンジャケット姿の人を見た。でもブルーナではなかった。寒そうに背を丸め、髪をおおざっぱにまとめて、ノロノロ歩いていた。両手に持った黒いゴミ用の袋は、はち切れそうだ。零下だというのに、つま先の開いたゴムのスリッパサンダルを素足でつっかけていた。近づくなりその人がしゃがみ込んでうちの犬を褒めたところでやっと、やはりブルーナだったとわかった。いつから手入れしていないのだろう。乾燥で荒れた頰には、粉をはたいたようにめくれた皮膚が白く浮いている。やせて、クリスマスイヴに会ったときの半分ほどになってしまっていた。

ブルーナは立ち上がると、何もなかったようににこにこしながら、

「猫といっしょに、あちらの家で暮らすことにしましてね」

ゴミ袋に季節ごとの洋服を詰め分け、自分で少しずつ運んで引越しをしている最中なのだ、と言った。

お悔やみを言いあぐねていた私に、

「何か困ったことがあったら、いつでも言ってくださいね」

ブルーナはいつものように言い、私は気の利いたことも返せないまま別れた。〈死

んだ言語〉を私に教えてくれていたときの熱心な眼差しは、もうなかった。皺の奥にくぼんだ目は静かだったが、どこを見ているのかわからなかった。

冬から春への数ヵ月をかけて、ブルーナはゴミ袋を携えて広場の往来を繰り返した。会うたびにやせて、ジャケットの肩はずれ落ちてぶかぶかの襟元からひょろりとした首が伸び、あっという間に老いさらばえていた。

「詰めても詰めても、まだ終わらないのです」

明後日のほうを向いて、独り言のようにつぶやいた。しかし困っている口調ではなく、むしろほっとしているように聞こえた。定年までまだしばらくあったが、ブルーナは繰り上げて教職から退き、補習授業もやめてしまったという。毎日通っていた学校がなくなった彼女を今、待っているのは、過去の詰まった二軒の住まいだけだった。こちらからあちらへ、あちらからこちらへ。昔、石を積み上げた山を崩して運び出し、積み終わったとたんに再び元の場所へ運び戻す、という終わりのない責め苦を囚人に科していた流刑の島があったことを思い出す。重いゴミ袋は、ブルーナの石なのかもしれない。運び続けて、何の許しを請おうとしているのだろう。

春が過ぎても、彼女はゴミ袋を延々と運び続けていた。汗ばむ陽気になってもイブの夜に着ていたウールのスカートとダウンジャケットのままで、やせた身体が服の中で泳いでいた。そのうち話しかけてもにこにこと笑うだけになり、やがて目を遠くに泳がせて挨拶も返さないようになってしまった。

たしかにそこにいるのに、私が知っていたあのブルーナはもういない。

しばらくすると、見知らぬ女性が表情の消えた彼女の腕を取って広場を横切るようになった。私が黙礼すると、

「見るに見かねまして。私が身の回りのお手伝いをしております」

日の暮れた路面電車の終点の駅で、裸足でぽつねんとベンチに座っていたブルーナに声をかけたら、「ここはどこですか。私、家に帰りたいのですが」と、答えたという。同じ路線を何度も往復していたらしい。警察署へ連れていき、たすき掛けの鞄の中から身分証明書が見つかったので、発見者として家まで同行したという。娘さんがいるけれど、と私が言いかけると、

「だいじょうぶです」

その女性はむっとして黙り込み、棒でもつかむようにブルーナの腕をぐいと引き、そそくさと行ってしまった。

「運ぶ物がなくなってしまって……」

空のゴミ袋を手に広場で立ち尽くし、焦点の合わない目で繰り返しそうつぶやいていたブルーナが施設に入ったのは、それから間もなくしてからだった。口座の残高が不足して支払いが滞り、銀行からの知らせを受けて娘があわてて帰国して、あの自称つき添い人の悪事が発覚した。

未《いま》だ亡くなっていない人。

ブルーナはクリスマスを境に、やっと取り戻した過去も現在も未来も、そして自分自身も失ってしまった。

聖なる人

四十年余り前に私が大学でイタリア語を専攻していた頃、イタリアは手の届かないところにあった。日本のテレビや雑誌で紹介されることはニュースですら少なく、イタリア語講座もまだ存在しなかった。イタリアンレストランは東京に二、三店あるだけで、いずれも高級で学生には手が届かなかった。言語と地域事情を学ぼうとしているのに現地の生の様子を見聞きする機会を得られないのは、死んだ言葉と向き合うのも同然だった。辛うじて映画が生きたイタリアとの接点だったがヴィデオレンタルも普及しておらず、たまに深夜に再放送されるモノクロ映画だけが頼りだった。もれなく観ては、イタリアの色や匂い、吐息、柔らかな手、潮風や野花の香り、土砂降りや照りつける夏の陽差しを想像し、遠い異国に思いをはせた。

大学でイタリアから取り寄せる原書は貴重で、授業で扱う部分だけをコピーして一冊を皆で使った。本一冊とペラ一枚とでは、向き合う気分がまったく違った。白々としたコピー用紙の中のイタリアを追いながら、いずれ本物を味わってみたい、と思い続けた。

いるのに、会えない。もどかしい気持ちは好奇心の後押しにもなったが、複雑な文法に出会うとたちまちくじけた。いっこうにイタリアは近づいては来なかった。

「〈ノゥ〉ではありません。〈ノ〉です。もう一度言ってみてください」

NO-u!

「ノ、ノ、ノ！　ああ、違うのよ」

イタリア人の教官は大きな目をさらに丸くして皆を見渡しながら、駄目を出すのだった。中学高校と懸命に勉強してきた英語のせいで、私たちが話すイタリア語には強い英語訛りがあるらしかった。せめて数行の、いやいくつかの単語で成る一文だけでもいいからイタリア人のように言ってみたいのに、Si《はい》とNo《いいえ》ですでに立ち往生である。

イタリア語会話の授業はこのように厳しかったが、担当教官は私たちにとって身近にいる唯一の生のイタリアだったので、皆さぼらずに出席した。教官は、文法やさまざまな表現方法、教科書には載っていないけれど実生活で役に立つ話し言葉を次々と教えてくれた。

〈嫌〉を重ねて使えば〈好き〉という意味になる、など。その授業のおかげで、イタリア語でも〈いいえ〉はこう発音すればそういう意味になるのか、その言い渋りは本音隠しかも、と〈ノ〉の千変万化を耳と目で覚えた。校舎の隅にあった薄暗い教室にイタリアが降り立ち、陽が差し込むような時間だった。教官から「ノ！」を連発され叱られても、私たち生徒は嬉々として、目の前の生きたイタリアに見とれ聞き入っていた。

「ちょっとお願いがあるのだけれど」

ある日、授業後に質問に行った私にイタリア人教官が訊いた。何とかして生のイタリア語に触れていたくて、質問があってもなくても、授業のあとにいつも教官に声をかけていたのだ。

「アルバイトを探しているらしいの。時間のあるときに、一度行ってみてくれませんか？」

依頼は、都内の古い教会からだった。司祭が一人で事務をしている。すっかり老いて、目も手元も不自由になり作業がはかどらなくなってしまった。

「神父様の言うことをタイプライターで打ったり、書類の整理を手伝ったりしてもらいたいのですって」

戦前から日本で活動している、青少年教育を主な活動とするローマ・カトリック教会の修道会だという。

〈イタリアに近づける！〉

修道会のことも事務手伝いの詳細も、教会のある地域についてもよく知らないまま、私は即、引き受けた。

そもそも大学でイタリア語を専攻した動機は、偶然に観た映画だった。高校の夏、気がついたら進路を決めなければならない時期で、将来に無頓着だった私は途方に暮れた。取り立ててこれといった希望も向学心もない。ただ漠然と、〈いろいろなところへ行ってみたい。できれば海の向こうに〉という程度だった。

ある日曜日の午後、点けっ放しのテレビを見るともなしに眺めていたら、画面いっぱいに金色の麦畑と赤いケシの花の野が映った。古いイタリア映画だった。アッシジの聖フランチェスコを描いたものだったが、そのストーリーよりも背景の自然に息を呑んだ。

〈世の中にこんなところがあるのか〉

驚きは、行ってみたい、という憧憬へと変わった。

大学に入り教授たちからイタリア語を選んだ理由を訊かれ、〈映画を観たから〉と、迷わず私は答えた。聖フランチェスコの映画に続いてマカロニウエスタンに至るまで何本もの映画を観て、国については何の知識も持たないままにも、これぞイタリア的な空気、と勝手に決めて惹かれていたからだった。

ところが教会でのアルバイトを決めて、はっとした。キリスト教について肯定も否定もなく、宗教に無関心だったのに、ただイタリアに近づけるからというだけの理由で教会へ行くと決めたのだろうか……。


その教会は、東京の下町にあった。最寄りの駅からは、結構な距離がある。「迷うと危ないから、歩かずにバスで行くように」と、教官から言われる。

駅前から乗った路線バスは大通りを走っていくが、周囲は繁華街という雰囲気ではない。低層の建物の多くは雑居ビルで、ヴェランダがあっても洗濯物は見えず住宅なのか事務所なのかよくわからない。殺風景な通りと建物の上に、雲が低く垂れた空がある。歩行者のほとんどが男性だ。地下足袋の足元に作業衣やスポーツウエアを着込み、どの人もくすんだ顔をしている。タオルを首に巻いたり、耳の上で鉢巻に結んだりしている。行き先があって歩いているという感じの人は少なく、辺りをただぶらぶらしているという様子だ。

乗っていたバスが急停車し、怒ったようにクラクションを鳴らした。何事か、と前方を見ると、横断歩道でもないのに通りの真ん中で大の字で寝転んでいる人がいる。何度鳴らしても、起き上がる気配はない。わらわらと人が集まってくるが起こそうと手を貸す人はなく、皆、遠まきにして見ている。急病人だろうか。

寝転んでいるのは、女性だった。スカートが腰までめくれ上がって、小太りの下腹部が丸見えになっている。野次馬たちは我も我もと、開いている大股の前にしゃがんで奥をのぞき込みニヤついている。「もっと開け！」と声をかける者までいる。バスがいくらクラクションを鳴らしても、ぴくりともしない。

「お急ぎのところ恐れ入りますが、このまましばらく停車いたします」

慣れた調子で車内アナウンスを流し、バスの運転手は疎ましげに窓の外を見ている。しかたがない。ここから先は歩いていこうか。

「どなたも乗り降りになれません。このまま車内でお待ちください」

途中下車を拒まれて納得のいかない顔をする私に、あれをごらんなさい、と運転手が目で示した。

いつの間にか車道には人垣ができていて、辺りをぶらついていた人たちもどんどん集まってきている。路上に寝転がった女性は人混みでもう見えない。足止めを食っている車が焦《じ》れてクラクションを鳴らすと、集まっていた男たちがいっせいに車のほうを向いた。そして次の瞬間、黒い人山がのそりと動いたかと思うと、斜面から小石が転がり落ちるように男たちがパラパラと車のほうに向かって走り出した。

瞬時の出来事だった。ただの通りすがりだった人々が、周囲の車や信号機、窓、街路樹に向かって拳を振り上げたのである。少し前までくすんだ表情でぶらぶらしていた男たちが豹変し、見境なく怒りをぶつけている。バスの中にいて助かった。もし徒歩だったり一般車に乗っていたりしたら、巻き込まれて大変なことになっていただろう。

騒ぎは容易には鎮まらなかった。現場に駆けつけたパトカーも取り囲まれて動けず、装甲車のようなバスがやってきてようやく事態は収拾した。警察は、道にあふれて騒いでいた人たちを片っ端から積み込めるだけ乗せて去っていった。抵抗する人は、ほとんどいなかった。観念したように、いやむしろホッとした様子で連行されていった。これで食べ物にありつける。俺も頼む、と自ら捕まりにきたものの積み残され、路上で残念そうに棒立ちになる者までいた。

〈歩かずにバスで行くように〉

教会は、山谷《さんや》の真ん中にあった。

変哲のない建物内に、教会の事務所はあった。教えられたとおりにエレベーターで最上階まで行くと、ドアの前で司祭が待っていた。百八十センチメートルは優にあるかという大柄な人だった。黒いカソック《法衣》の上からでも、たっぷりした腹部がわかる。若かった頃は背筋もまっすぐで、さぞ威風堂々としていたに違いない。説教は、威厳に満ちていたのではないか。カソックはかなり着古していて、襟元は擦り切れて薄くなっている。肩や袖口は経年のせいで、色あせてまだらにセピア色だ。真っ白の顎ひげは胸元まで垂れ、切りそろえていない太い眉毛、鼻下や口周りのひげが皺の深い顔を縁取り、中世の宗教家の肖像画のようだ。

「ようこそおいでなさった！」

カソックを揺すり、両手をいっぱいに広げて出迎えてくれた。大きな身体や年齢とは似つかない、高くて愉快そうな声だった。「よっこらしょ」と、小声をかけながら大儀そうにカソックの裾を後ろへ払い前かがみになり、私の目をのぞき込むようにして笑いかけた。皺の奥の目は温かく、すぐにでもいろいろなことを打ち明けてしまい

たい気持ちに駆られた。〈これが懺悔《ざんげ》というものだろうか〉

灰色に塗られた無機質な鉄製のドアを開けると、すぐ事務室だった。部屋の中央にはスチール製の事務机が数卓寄せて並べてあり、もう若くはない女性二人と男性が、封筒の宛名書きをしたり段ボール箱を畳んだり掃除をしたり、と各々の作業をしている。私が入っていってもちらりと目を上げたのが挨拶代わりで、三人とも作業の手を止めない。

「こちら、ヨーコさん。これからヨッタリ《四人》で仲よくお願いしますね」

は、〈ヨッタリ〉？

訊き返した私に司祭はカソックを揺らして大笑いし、

「満州のあと九州で長かったので、つい」

第二次世界大戦前に若くして布教のために満州へ渡ったが、後に宗教政策で中国政府から国外に追放され日本へ移動し、以降一度も祖国には帰らずに現在に至るという。

「私のほうがあなたより、日本歴は長いですよ」

自慢するように鼻先をツンと上げておどけてみせたが、異教の地で宗教者としてどれほどの思いで生きてきたことだろう。生のイタリアに会う、どころか、西洋と東洋の歴史の生きた証人が目の前にいる。

こうして、九州弁の司祭と英語訛りのイタリア語初級者の私との共同作業が始まった。

初日に早速、司祭の書斎へ通された。書斎といっても、同じ部屋の一角に天井までの棚が四、五架ほど並べてあり、その前に司祭専用の机が置いてあるだけである。机の上には、蓋つきのマグカップや大きなルーペ、スクラップ用はさみ、ねじ巻きの目覚まし時計、電気スタンド、紙挟み、ペーパーウエイトが散在し、真ん中に十字に紐をかけた大量の郵便物が積んである。

司祭は干からびたオリーブの枝を付けた十字架に向かって小さく十字を切り、目を伏せ黙禱《もくとう》してから、

「さて、始めましょうか！」

楽しそうに郵便物の紐を解いた。ハガキだったり封書だったり。すべて海外からである。遠い異国で布教活動に身を捧《ささ》げる司祭を敬う信者たちがいる。長く大きな鼻先にレンズが黄ばんだ老眼鏡を載せそれでも足りず、ルーペ越しにのぞき込んで、一通ずつつぶやくように読み上げた。

「〈親愛なる神父様。先週、娘が無事出産しました。お守りくださりありがとうございました。元気な男の子です。私の名前を取って、マリオと名づけました。初孫は実

にかわいいものです。写真を同封いたします。神父様もどうぞお元気で〉。おお、いいですね。元気に成長しますように」。写真の中の乳児の頭を人差し指でそっと撫でて、小さな声で祈りを唱える。アーメン。十字。

「〈アヴェ・マリア！　神父様、お元気でしょうか。ひどく寒い冬です。悪天候で外出もままなりませんが、毎朝のミサは欠かしません。天に召された夫に祈りが届きますように〉。老いて独りで過ごす冬は、さぞ寂しいことでしょうね。イエス様がついていますよ」。静かに十字。アーメン。

「〈ようやく長年の念願が叶《かな》って、家族とルルドに行ってきました。これ以上の恵みはありません。つき添ってくださった教会の皆さんに、心から感謝いたします〉。ああよかった、本当によかったです」。手紙に添えられた聖母マリアの御絵《ごえ》を卓上に置き、司祭は椅子から下りてひざまずく。アーメン。

どの手紙にも郵便為替が同封されていた。数百円相当の額面もあれば、かなりの桁数のものもあった。司祭は一枚ずつに小さく口付けし、頭を垂れる。十通ほど読み終えると、おもむろにサイドテーブル上のタイプライターのカバーを外し、「準備はよろしいかな？」。私にタイプライターに向かうように言った。

初めて触れる、オリヴェッティの〈Lettera《レッテラ》 32〉。タイプライターの原点となった、イタリアンデザイン史に残る名品である。灰色がかった水色のボディに一点の真っ赤なキャンセル・キーが何とも粋で、私たち学生の間でも憧れの的だった。

「私にはもうキーが重いのです。電動ならもっと早くたくさんの返事が書けるし、手もくたびれないのでしょうがね」

司祭から受け取った便箋を挟む。紙面の冒頭には、聖書の一節が印刷されてある。

「今週の祈りです。いっしょに読みましょう」

聖書の一節を朗読し終えると、司祭は大きな身体を揺すって書棚へ近寄った。棚には木箱がたくさん並べ置いてある。木箱の中は、アルファベット順にカードがぎゅうぎゅうに詰まっている。古びて変色し角が丸くなった整理カードには、手書きの細かな字でびっしりと書き込みがある。さきほど開封した手紙の差出人たちのカードを抜き出す。上方には、氏名に続いて住所、生年月日、聖名祝日が記されている。下の欄には、洗礼を受けた日に始まり、通った学校名、両親や兄弟姉妹の名前、結婚相手、子どもたちの名前や誕生日、好きな食べ物、得意なこと、これまで司祭に届いた手紙の受領日と各回の内容もメモしてある。カード半分で終わっている人もいれば、中には数枚がホッチキスで綴《と》じてある人もいる。司祭は今読んだ手紙の日付と内容を書き足してから、カードに目を通した。

よっこらしょ、とうなずきながら隣の書棚へゆっさゆっさと移動する。

隣には、側面に〈人形〉〈玉〉〈風呂敷〉など、イタリア語で書かれた段ボール箱が並んでいる。司祭は〈絵〉の箱から、十センチ四方の額に入った〈桃太郎〉の絵を選び出す。「初孫のマリオ君への祝いにしましょう」

「早く春が来ますように」と言って選んだ化繊の風呂敷はいかにも安っぽいが、一面に桜吹雪と舞妓《まいこ》が描かれて華やかだ。夫を亡くし、冷え冷えとした毎日を送っている老夫人へ贈る。

富士山入りのスノードームや折り紙の藤娘、わらじがぶら下がるキーホルダー、押し花を貼った栞《しおり》などを整理カードに目を通しながら、どんどん選んでいった。司祭は言葉を念入りに選び、丁寧に返事を口述した。ときどき口の中でガラゴロと音がなる。〈?〉。その音で聞き損じた部分を繰り返すように私が乞うと、

「ハッハッハ！　年を取ると、口の中まで縮んでしまいましてな」

入れ歯がずれて動く音なのだった。

司祭のイタリア語は、一九二〇年代のまま止まっていた。全文を暗記している聖書も、日本語で言えば文語体のような、現代ではもう使わない言い回しだった。入れ歯のせいだけではなく、古語を知らない私は何度も何度も聞き返した。そのたびに司祭

は口元をモゴモゴとさせながら少しも厭わず、いやニコニコとうれしそうに、私が書けるまで繰り返してくれた。彼はときどき卓上の黒い革の表紙の聖書に手を載せ、返事に書くことを反芻した。かつては肉付きがよくピンと張った立派な手だったろう。今ではすっかり萎《しぼ》んで、皺の間に血管が青く浮いている。聖書の教えが干からびた掌《てのひら》を通し自分の身体に水のように沁み入るのを待つように、司祭は黙ってうつむいている。

膨大な整理カードの数だけの、信者の人生がある。司祭はひとり一人の喜びと辛さに寄り添ってきた。よくも悪くも劇的なことが起こらない、平板で静かな毎日を過ごしている信者もいる。失敗した人がいる。立ち直れず不遇のままの人もいれば、運が好転した人もいる。修道会の活動に敬意を込めて、それぞれが司祭に書く。互いに会ったことはない。おそらくこれから先も会うことはないだろう。だから書ける、ということもあるかもしれない。手紙は、行間に綴じ込んだ懺悔だ。

司祭が属する教会は、弱者と青少年を助けるのが宗旨である。ここへ来る途中で遭遇した光景を思い出す。この地区に教会を据えた意味を思う。

大学の授業が終わると、教会へ通うようになった。駅からバスに乗り換えるたびに、別の国へ入っていくようだった。悪天候や祝日が続くと、教会界隈の空気は荒れた。地下足袋姿の住人たちは、雨の中に悄然《しょうぜん》と座り込んでいる。早朝に作業員を積み込むためにやってくるミニバスは来ない。日当のあてが外れ、それが数日続くと、飲み食いも寝泊まりするところにも困る人が出る。司祭は雨空をじっと見上げて、

「さあ、がんばりましょうか」

カソックの袖をまくるポーズをして、私たちに告げる。教会の前で、大鍋に入った味噌汁《みそしる》や握り飯を配るのだ。地区内外からの差し入れなのか、あるいは教会からの炊き出しだろうか。他の教区から手伝いの司祭や信者がやってくることもあった。信心には遠い、暗く無表情の人たちが、押し黙ったまま連なって自分の番を待つ。初めてここへ来た日、路上の騒ぎで出動した警察に連行されようと、わざと拳を振り上げていた人がいたのを思い出す。

しばらく経って、アルバイトで貯《た》めたお金で私は初めてイタリアへ行くことにした。司祭の故郷には、姉が独り残っていると聞いていた。結婚せず、弟の司祭の他にはもう血縁がいない。老衰で入院しているという。

〈それなら、私がお見舞いにいってまいります〉

「……。あなたに、そして姉様に神様のご加護がありますように」

小さくガラゴロと音をさせ、司祭は私の頭にそっと掌を置いた。

リヴォルノの幻

二十年ほど前の話である。

春がまだ浅いある日、トスカーナ州の海に面した町リヴォルノへと向かった。日本の小説家から連絡を受けて、現地で落ち合う予定になっている。

「港町の刑務所へ面会にやってきた妻に、鉄格子越しに頬を寄せキスをしようと見せかけて、彼女の鼻を嚙み切ってしまう男の話を書くつもりなの」

小説家は構想を語った。

男はいつシャバに出られるか、わからない。

〈自分が収監されている間に、魅力的な妻を他の男に奪われたらどうしよう。鼻がなければ……〉

舞台となる時代はルネサンス黎明《れいめい》期に設定する、という。小説家自らがリヴォルノまで出向き、地元の研究者たちから当時の様子について解説を受け、参考資料を集め、その時代の美術や建築物を観て回りたい、と言った。実際に海辺や裏通りを歩いてみて、登場人物に息吹を与えて小説にまとめる。インスピレーションを得るのが今回の旅の目的である。同行し取材を手伝うように依頼されたのだった。

実存する町の史実に、小説家は自分の妄想を編み込んでいく。いっしょにタイムマシンに乗って時を遡り、異国の生活に紛れ込む。取材を進めるうちに私も登場人物の一人と化し、小説の中で生きる気分を味わう。

小説の背景となる十四から十五世紀にかけては、東方との貿易で栄華の頂点を極めたヴェネツィア共和国や、塩の管理を任され銀行を作り金融業の核を担ったジェノヴァ共和国があった。海が世の中を牽引《けんいん》し、人々は波に運命を委ねた。寄せる波は未知を連れ込み、返す波に乗って新世界を探しに出た。

こうした国々とせめぎ合っていたフィレンツェ共和国には、領土内に海はあるものの海運業の拠点となるような港がなかった。

〈海を制する者は世界を制する〉

フィレンツェ共和国の国政を掌中に狙う、有力な銀行家だったコジモ・デ・メディチは、競合国に負けない港をリヴォルノに造ることを思い立つ。

港は遭遇の場だ。いつもよいことばかりと出会うとは限らない。海を越えて、異教徒もやってくる。侵略されるかもしれない。過激な思想や人心を惑わす風評も届けば、疫病も悪弊も上陸する。どれを受け入れ、何をせき止めるか。水際で見定めて取捨選択するのは、現場で培った経験と危険を察知する第六感だろう。

辣腕の統治者であるコジモ・デ・メディチはリヴォルノを港町として稼働させるために、知性や教養よりも腕力と逆境に怯まない精神力を優先した。港町というのは、物資や人の出入りと流れで騒然としている。混とん《カオス》を生き抜くには、瞬発力と臨機応変さ、そして胆力が必要だ。

〈貴君がこれまでに犯した罪を問わない。過去を裁かないリヴォルノへ、ようこそ〉

そうコジモは布告した。

〈ユダヤ人も優遇する。思うがままに商売をしてもらいたい〉

と、加えた。

かつてのひなびた浜に、筋金入りの荒くれ者と名うての商人が集まり始めた。海の男は、群れるのを嫌う。他人に迎合せず、単独で道を行く。屈強で、しかし孤独な男たちは、みるみるうちにリヴォルノに港を成した。

日本から到着したばかりの小説家と、リヴォルノの歴史的中心部にあるホテルで待ち合わせた。天井が高く広々としたロビーからはよく手入れされた庭が見え、心地よい。日本からついてきた担当編集者は、困ったような顔をして座っている。彼が編集長を務める文芸誌の校了とイタリア出張が重なり、頻繁にフロントからファックスを手渡されている。まだ携帯電話もインターネットもない時代だ。長旅の疲れと、編集作業の山場に押され憔悴《しょうすい》している。

「あなた、ホテルに残って仕事してなさいよ。私たち二人で大丈夫だから」

寝不足でくすんだ顔色の編集者をホテルに残して、小説家と私は車に乗り込んだ。一日貸切で手配しておいたのである。

リヴォルノには、私もそれまで訪れたことがなかった。依頼を受けてから取材まで十分な時間がなく、あらかじめ調べられることは限られていた。町の歴史や産業の概要はガイドブックや郷土史の本でわかっても、小説に使えそうなちょっとした逸話や穴場情報を入手するのは難しい。どうしようか……。

考えあぐねている私に、ふと知人が言った。

「リヴォルノは華やかなフィレンツェからも近いし、かねてからお忍び旅行の聖地でね。地の利がいいから、昔は〈ピゾルノ〉という映画村もあったんだよ」

ローマ郊外の映画村〈チネチッタ〉に先立って作られ、内外の作品が多数制作されていたという。当時、銀幕のスターたちの常宿だったホテルが今でも港の近くに残っていると知り、私は事前にそのホテルを訪ね、地元をよく知る運転手を紹介してもらえないか頼んだ。

「数年前に引退してしまいましたが、誰も彼には敵わないでしょう」

コンシェルジュから紹介されたのが、今日、貸切で乗せてくれることになった元タクシーの運転手なのだった。

「それでは、海から市内、そして周辺と、順々にご案内してまいりましょう」

運転手は穏やかに挨拶を済ませたあと、ゆっくりと車を出した。

リヴォルノは、まるで小さなヴェネツィアだった。運河や水路が縦横に走っている。運河は深くなったかと思うと浅瀬になり溝のように狭まるところもあり、突然、石壁に囲まれたり水門や樋門《ひもん》が現れたりする。いくつもの水路が交錯する地点もあり、生活の動線が切れたり繋がったりして複雑だ。ヴェネツィアの幻想的な風景とは異なる。生活臭が濃く漂い、港の起源の雑駁《ざっぱく》さをかいま見る。

小説家は車窓に額を押し付けるようにして、どろりと濁った運河の間を早足に行く人とオートバイが疾走する情景を熱心に見ている。

「そろそろ昼ね。運転手さん、あなたの行きつけの店へ案内してもらえませんか」

「こんなところでもよろしいのですかね」と、彼が心配しながら連れていってくれたのは、波止場にほど近い小さな店だった。

扉一枚分の間口で、入るなりムッと蒸気のこもった空気に包まれた。笑い声や食器の触れ合う音でにぎやかだ。焼きたてのパンの香ばしい匂いが堪らない。店の真ん中にテーブルが一卓あるだけだ。店の入り口から奥へと、カウンターのように細長く延びている。

「いらっしゃーい！」

四の五の言い立てる間もなく、空いたところに奥から詰めて座るよう店員に目配せで案内される。

「飲みます？　赤、白？」

ドン、ドーン。「はいよ」。目の前に注ぎ口の広いボトルと分厚いガラスのコップが置かれる。産地や苗種を尋ねるのは野暮天だろう。客が要る要らないを言う前に、店員は水の入った瓶も置いていく。

「水道水ですけれどね」

壁にもテーブルにも、品書きは見当たらない。まごついている私たちを運転手が笑っている。わけもわからないまま周りを探り見ると、何のことはない、皆、同じものを食べているのだった。赤茶色の具沢山のスープ料理が、どっしりとした深皿にたっぷりと入っている。

「熱いですから気をつけて」

盛大に湯気が上るスープ皿を店員は手際よく置いていく。とたんに磯の香り。頭を取った青背の小魚や脂の乗った白身魚のぶつ切り、イカもあればタコも見える。アサリにムール貝。その下にマテ貝が沈んでいる。

「底のほうを掬えば、エビやカサゴも出てきます」

運転手はそう言うと、慣れた様子でテーブルの中央に山盛りに置かれたパンを取り、ひと口大にちぎって皿に放り込んだ。向かい側の三、四席先に知り合いを見つけて、こちらとあちらで声を張り上げてしゃべり始めている。スープから立ち上る蒸気は、湯煙のように頭上にたなびく。

魚介類だけかと思うと、肉片も入っているらしい。脂の小さな輪が光っている。赤茶色なのは、トマトで煮込んであるからだ。ほのかな酸味は、貝の甘みで円《まろ》やかにまとまっている。貝や魚から滲み出た塩気は、海の味だ。煮溶けた野菜の小片が魚を包む。

「港ができたばかりの頃、沖仲仕《おきなかし》や水切り、陸仲仕《おかなかし》に庫人夫《くらにんぷ》といった、港湾労働者たちは、食うに食えませんでした。博打《ばくち》や色街ですってしまって身持ちが悪くてね。積荷からこぼれ落ちた食材や市場で野菜の切れ端を拾い集め、漁師から安く分けてもらった売れ残りと合わせてこういう店へ持ち込んだのです」

運転手は、スープを吸い上げて膨らんだパンを頰張りながら説明する。

ガスも電気もなかった時代である。窯の火は貴重だった。リヴォルノだけでなく、窯は共同で使うものがひとつだけ、という村落は多かった。いったん窯に火を入れたら火種を守り、村じゅうの人のためにパンを焼き、野菜を煮炊きし、ときには肉魚をあぶって、薪を無駄にせずに共同で使ったものだった。窯を囲み人が集まった。そこには情報が往来し、物の交換も生まれただろう。

この食堂も例外ではなかった。リヴォルノを底から支える、荒くれの、でも天涯孤独の海の男たちが唯一、他人と時間を共有する場所だった。一日一度の食事を同じ鍋で煮込み、一卓に集まって食べる。材料は、各人のその日の戦利品だ。店は大鍋を用意して火を点け、男たちの一日が終わるのを待っている。それぞれが持ち寄った雑多な味を、一緒くたにして鍋に放り込む。陸もあれば、海もある。遠い異国の乾物や香草が、近海の魚や裏山の野草と出会う。

「誰もが脛《すね》に傷を持っていました。ここのごった煮は、そういう連中がリヴォルノに来てご破算にした、さまざまな過去の闇鍋だったのかもしれません」

社会の屑とされた者たちは、廃棄野菜や肉の切れ端、魚の腸《はらわた》のようなものだ。

小説家は深皿の底を引っかくようにスプーンを引き上げては、頰張っている。

「それぞれは喰《く》えたものではなくても、こうしていっしょに煮込むとたいした逸品になるのねえ」

いくつもの生き方を鍋の中にのぞき見る。リヴォルノでこの料理は〈カチュッコ〉と呼ばれ、トルコ語やスペイン語、さらにはヴェトナム語に源を遡る、と諸説ふんぷんである。名前の由来からして、すでに寄せ集めなのだ。

「〈揚げれば何でもうまい〉とよく言いますが、当時フィレンツェ共和国では油は灯台の照明専用で、食用に使うことを禁じていました。目の前に潤沢に油があるのに使えなかったシリア出身のリヴォルノ港の灯台守が、油を使わない魚料理を、と作ったのが始まりとも言われていますがね」

どん底の料理は、後にフランスへ伝わりブイヤベースの基となっている。

店を出ると、お腹の中で大勢の前科者たちが暴れている。ざらついた喉越しの赤ワインに浸かり、上機嫌で仕事納めをしているのかもしれない。

海岸線は南北にまっすぐ延びて、海風が強いことで知られる。建物が密集しているのはリヴォルノ港の周辺だけで、すぐ背後から内陸を防御するように農地や山林が囲んでいる。外界との矢面に立つように、リヴォルノは海に向かって構えている。

海を正面にした高台に、長い廊下を繋ぎ合わせたような建物がZ字型に延びている。正面から海風をまともに受け、すべてが吹き飛ばされそうな位置だ。影がない。灼熱《しゃくねつ》の夏には、屋内に残る潮を含んだ湿気もカラカラに乾くだろう。

「海の向こうから入ってきた疫病を海際で止めようと、建てられた隔離病棟です」

長い航海から戻ると、船乗りの多くが疫病に冒されていた。すぐに下船させずに発症者は検疫し、船から直接に病院へ搬送できるように考えて設計された。

当時の主な疫病は、ペストだった。感染者当人だけでなく、国を全滅に追い込む死の病である。多くの疫病専門の病院と異なり、リヴォルノでは隔離だけではなく、別棟に分けて診察も行い予防にも力を入れた。病棟の他に教会や消毒室、火葬場から墓地までを併設する、ヨーロッパで最も総合的な医療施設だったという。

「当初は隔離病棟だけの予定でしたが、港として栄えるには人々の恒常的な健康が肝心。公衆衛生を守るために予防や検査機関も併設しよう、とメディチ家は規模を広げたのです。おかげで港湾業だけではなく医療でもリヴォルノは評価されて、ライバルだったジェノヴァから人を引き寄せることになりました」

メディチ家がこの場所に医療施設を建てることに決めたのは、純度の高い地下水がふんだんに湧いたからだった。

清らかな水を病める人へ……。

波と風の音を耳に、病の床に横たわった海の民を思う。内陸の共和国の安泰のために海に身を挺《てい》した彼らが担ったのは、荒波から港を守る防波堤の役目だ。

二百余年にわたって疫病感染から町を守った病院は、現在では海軍兵学校と姿を変えて高台から海を見ている。海へ出て人々を守る役割は、今も変わらない。

「病院を見たのだから、次は墓地にも行きましょう」

小説家の提案に運転手は、待ってました、とばかりに目を光らせ、

「〈死んで生きる〉ですからね。最後を見ないと、人の生き様なんてわかりません」

松が並ぶ道を行く。あらためて、海の町なのだと思う。幹が細くひょろりと背の高い松は、帽子を被ったように上方に向かって葉を繁らせている。片側にはプラタナスだろうか、旺盛に枝葉を張った並木が続く。緑の合間に、灰色の石造りの建物が見えてきた。もっと山のほうにあるのかと思いきや、港からも町の中心からもすぐ近くに共同墓地はあった。

同じ道沿いに、イギリス人墓地や複数のユダヤ人墓地が点在している。リヴォルノが繁栄した頃、人口の一割をユダヤ人が占めていたという。リヴォルノは、唯一ゲットーのない町だった。メディチ家はリヴォルノを自由港とした。外国からの貨物は関税を免除されたうえ、港湾内での荷分けや加工、製造なども認められたため、運輸や倉庫保管、金融、保険などの関連産業が生まれ、発展した。ユダヤ商人は自由に海運業で儲け、さらにはどんどん人が集まり拡張し続ける町の建築をも担うようになった。

墓地は、町の記録だ。

「イトスギのきれいなこと！」

濃い緑の葉をびっしり付けて、細長い円錐《えんすい》状にまっすぐ天を突いている。共同墓地

をイトスギが囲む。

「花や実の生る木は植わっていないようね」

日本の霊園と比べると、確かに小説家の言うとおり、低木も花木も見当たらない。天に向かう尖った梢と灰色の石造物だけの景色は、ひんやりとして他を寄せつけない。潔いような、でも憂いに欠けるような。

「墓地はイトスギに限るのですよ。根を横に張らずに下にまっすぐ伸びるのが特徴で、埋まっているものを地表に持ち上げてしまったり突き抜けて壊したりしないからです。墓の周りに植えると、深く伸ばした根が柵の役目を果たして地中に眠る亡骸《なきがら》を守ってくれる」

静かに地中に伸びる何本もの根を想像する。港で働く大勢は、牢屋《ろうや》の鉄格子に囲まれて生き、リヴォルノに来て柵の外の暮らしを知った。しかしいったん疫病に倒れるや、再び鉄格子付きの部屋に閉じ込められて最期を迎えた。病のせいでそのままでの土葬は許されない。肉体を失い、大勢の同類と混じって埋もれ、地中で再び根の柵に囲まれて永眠する。

彼らにも柵の外で生きたときがあった証は、どう残ったのだろう。

牢獄の鉄格子越しに妻を愛おしんだあと、鼻を嚙み切る男の気持ちを思う。

小説家は墓地の隅に立ち、枝一本はみ出すことなく一列に並ぶイトスギを見上げている。

ふと、ミラノの並木道を思い出す。かつてそこで木に首から吊るされ、見せしめにされた人たちがいた。時が過ぎて、街路樹の幹に苦悩でゆがんだ顔がレリーフのように浮き上がってきたという言い伝えもあった。怨念は木の養分になったのか。イトスギが高く伸びるほど、地中にどれほどの無念さと寂しさが残っているのかと思う。

小説の中なのか、現実なのか。こちらの話なのか、黄泉《よみ》の国の光景なのか。蜃気楼の中に景色が揺らぐ。

車に乗り込むものの、私たちは黙り込んでいる。見えない同乗者が、たしかに何人かいる。湿っぽさを一掃しようとしてか、運転手は「これがいいかな」「いや、こちらにしようか」と独り言ちながら、カセットテープを入れた。ジュゼッペ・ヴェルディ。

「まあ！　どうして私がイタリアのオペラファンだとわかったのです⁉」

大喜びで、小説家は『乾杯の歌』をカセットといっしょに歌っている。

「ヴェルディは、頻繁にリヴォルノにお忍びで来ていたそうです。どこへ行っても大勢に囲まれ、大先生は気の休まるときがなかったのでしょう。人知れず海を楽しむために、リヴォルノの外れに小さな隠れ家も持っていたのですよ」

小説家は後部座席から運転手の肩をつかんで揺らさんばかりに、

「お願い！　ぜひその家へ案内していただけませんか！」

懇願した。

日が落ちて、空は薄く紺色がかった色へと変わりかけている。

取材一日目は盛りだくさんだった。日本から着いてすぐ、港町の雑踏から墓場までをつぶさに観て回り、疲れたけれど手応えはあった。褒美《ほうび》に、ヴェルディが降臨してきたのかもしれなかった。

運転手は、「でも、もう遅いですし。もしかしたら、違うかもしれませんから」と慌ててつけ加え、

「本当にそこにヴェルディが来ていたかどうかは、よくわからないのです。ただ、そういう噂が昔からある家というだけでして……」

人通りのない町外れにあり、何年も前からあばら家なので外から見るだけにしてくださいよ、と運転手は着くまで何度も繰り返した。サービスのつもりで、都市伝説の

ような話をつい口にしてしまったのかもしれない。

「面白いじゃないの。行ってみましょうよ」

小説家にとっては垂涎《すいぜん》ものだろう。車内にゾクリとする気配を乗せたまま、車は海沿いを走っていく。

雑草と低木が入り混じった繁みの中を蛇行し、しばらく行くと石を低く積んだ壁の向こうに一軒家が見えた。屋根は瓦の重さでゆがみ、壁の塗料はすっかりはげ落ちている。辛うじて壁は残っているものの、人家のたたずまいはもうなかった。「私はここでお待ちしています」と、運転手は私たちの誘いを固辞して車内に残った。

七十歳に近い小説家はいたずらっ子のような顔をして、廃屋に向かって先を歩いていく。黒い草むらの合間から、小さな黄色の灯りが見える。見知らぬ地の、寂しい暗がりへ入っていくのに、恐怖や警戒心はなかった。むしろ何か面白いことに遭遇できるのではないかと、駆け出していきたい気分だった。

小さな物音に混じって、人の声がした。数人いる。

私たちは目を見合わせて〈行くわよ〉と合図し、思い切って崩れかけた壁の向こうへ入っていった。

どろり。

そういう目つきだった。埃だらけのテーブルに寄りかかるようにして立つ男は、まだ若かった。テーブルの上に寝転ぶ犬に、彼は注射を打とうとしているところらしかった。周りにいる数人の目にも力はなく、各人各様の方向を泳いでいる。現世でも黄泉の国でもない、あの一帯で揺れている。

背中がぞくりとして、黙って小説家の腕を引っぱった。

先生、麻薬中毒者です。

「あなた、でかしたわ。すごいものを見られたわね」

小説家は興奮して小声を上げた。

地中の柵の中から抜け出してきた魂が、日本の小説家の妄想の中で生き返ろうとしている。

解説　「愛《め》づる」魂

河野通和

『ジーノの家　イタリア10景』（文藝春秋、二〇一一年）は、エッセイスト内田洋子さんの転機でした。それ以前の著者は主に、イタリア在住のジャーナリストとして、日本向けに現地のニュース、つまりコトを伝える人でした。著書もそれに関連した内容です。ところが、『ジーノの家』を境にして、ヒトが中心に据えられます。報道の網の目からこぼれ落ちる、名もない人たちのふつうの日常、「事件」にならない人生ドラマ——。そこに、主眼が置かれます。

『ジーノの家』の「あとがき」に、こうあります。

《行き詰まると、散歩に出かける。公営プールへ行く。中央駅のホームに座ってみる。書店へ行く。海へ行く。山に登る。市場を回る。行く先々で、隣り合う人の様子をそっと見る。じっと観る。ときどき、バールで漏れ聴こえる話をそれとなく聞く。たくさんの声や素振りはイタリアをかたどるモザイクである。生活便利帳を繰るようであり、秀逸な短編映画の数々を鑑賞するようでもある。》

一九八一年の留学以来、四十数年におよぶ日伊を往来する生活のなかで、心に刻みつけられたイタリアの魅力、本質、生命の輝きを、できるだけそのままの鮮度で日本の読者に届けられないか。自分はあくまで脇役に徹し、主役の個性を浮き彫りにするのが内田流です。出会いの情景、季節、人びとの表情、仕草、温《ぬく》もりや息遣い、衣食住の細部まで、カメラアイのような観察力と記憶力、そしてやり過ごしてしまいそうな気配や感触、微《かす》かな心の震えまでをも手がかりに、一篇《べん》の物語を紡ぎます。

簡単そうに見えて、なまなかの修練でこの筆致、文体は得られません。

初めてご本人と言葉を交わしたのは、『ジーノの家』が講談社エッセイ賞を受賞したパーティの場でした。ほどなく始まったイタリアの「食」をめぐる連載エッセイの初回を読んで、著者の真骨頂を見る思いがしました。

『皿の中に、イタリア』（講談社文庫）の冒頭に収められた「金曜日は魚」という一篇です。

《イタリア南部に、カラブリアという州がある。この州のことを、誰も知らない。外国人だけではなく、イタリア人すら知らない。シチリア島やナポリなどの知人に、同じ南部どうしだから当地に親戚くらいはいるに違いない、と尋ねてみると、驚いたことに親戚はおろか、伝手《つて》もないと異口同音に答えるのだった。》

手がかりを探って、ようやくミラノ市内で魚の露天商を営むカラブリア出身の三人兄弟を見つけます。

晩秋の小雨が降る金曜日の早朝、黙々と開店準備を進めている彼らのもとを訪ねます。それぞれの作業に集中して、お互いですら目を合わさないような三人です。部外者には一瞥《いちべつ》もくれません。ひと言もない。

どうやって彼らにアプローチするのか。無愛想で強面《こわもて》、取りつく島もなさそうな三人にどう食い込んでいくのだろう? 詳しく紹介する余裕はありませんが、著者の本領が発揮されます。大胆にして繊細、意表をつくとともにお茶目なアプローチは、百戦錬磨のジャーナリズムで鍛えられた嗅覚《きゅうかく》、ひらめき、度胸、愛嬌《あいきょう》、つまりは著者の好奇心、探求心の賜物《たまもの》です。内田エッセイの醍醐味《だいごみ》です。

著者は、こうして前人未到のイタリアの深部に、単身で果敢に踏み込みます。この肝試しのような気合、自らを叱咤《しった》激励しながらの身の寄せ方で、人との縁をつなぎ、心を通わせ、胸襟を開かせ、信頼関係を築きます。

本書『サルデーニャの蜜蜂』も、その蓄積の産物です。

《歴史は、無名の人たちの小さな歴史が積み重なり連なって成されるものだ。表に見えている顔がポピュラーなイタリアなら、底に潜むいくつもの影もまたイタリアである。》

（「壁の中の海」）

内田ファンであれば、この章は「あの村」が舞台だとわかります。本の行商を生業《なりわい》にしたイタリアの山深い村の知られざる歴史と現在を描いた『モンテレッジォ　小さな村の旅する本屋の物語』です。そこで知り合った八十五歳の女性ロベルタ。ミラノから、もう数十年も毎年、夏の「本祭り」に欠かさず通い続けていると語ります。「生き残れたのは、母親と私の二人だけでした」と言う彼女をミラノの住まいに訪ねると、聞かされたのは第二次世界大戦下のユダヤ人たちの言い知れぬ苦難。『ピーター・パン』の本を一冊抱え、地下の真っ暗な防空壕《ぼうくうごう》で息を潜めていた少女の不安、恐れ、渇きです。

「辛い味」――夏ごとに海辺で会う七十代の夫婦は、まさに南部イタリア、カラブリアの出身です。数回の夏を過ごし、十数回夕食をともにして、ようやく初めて食卓で、眼光鋭い、一家の主《あるじ》から、直《じか》に声をかけられます。「今度、ミラノのうちにいらっしゃい。見せたいものがある」と。学も縁故もなくミラノに移り住んだ貧しい南部の出身者が、ファミリー・ヒストリーの証《あかし》として「見せたいもの」とは何だったのか。

表題作「サルデーニャの蜜蜂」は、古代ローマ時代からずっと続く養蜂家を、地中海のサルデーニャ島に訪ねてゆく話です。港町から内陸へ、道なき道を延々と車を走らせ、タイムの香りに導かれて、やっとたどり着いた目的の家。古代ローマ皇帝が好んだという、鈍い飴色《あめいろ》の蜂蜜を、ほんの少しスプーンですくって味を見ます。

《苦い。ところがひと匙《さじ》を飲み込むと、口の中に甘みだけを残して出会い頭の苦味は消えてしまう。流星の尾のようだ。苦味にびくりとこわばっていた舌が、後から来た思わぬ甘さに緩む。》

アントニオは、サルデーニャ島の内陸に生まれ、物心つくと牧童になります。いまはミラノ近郊の丘陵地帯で、一人でチーズ作りをしています。故郷から連れてきた羊とはいえ、北イタリアの丘陵の草を食《は》んだ羊の乳から作るチーズは、北イタリアの大地の味です。アントニオはチーズに島の蜂蜜をかけて、確かめます。

《歯の奥から郷里の花の香りが立ち上る。
〈苦くても、後に甘さがやってくる〉
戻るに戻れないアントニオは、蜂に連れられて遠い故郷へ飛ぶ。》

この牧童たちが常食としているパーネ・カラザウを、ある時、東京のカウンターバーで、内田さんが手ずから料理してくれたことがありました。薄くパリッと焼かれたこのパンを、コンソメスープにくぐらせて皿に置き、それにトマトのシンプルなソースをひと匙かける。その上に羊乳チーズを卸して、ひと振り。またパンをスープに浸し、引き上げて皿へ。トマトソース。羊のチーズ。これを何回か繰り返し、最後に煮え立つスープに割り入れた半熟卵を、パンにのせたパーネ・フラッタウ。

サルデーニャ島の牧童たちのもてなし料理は、つましく素朴でありながら、温かくて力強い島の味。頬張った時の羊乳チーズの香りが、いまも口の中によみがえります。

それにしても、内田さんのエッセイの「食」のシズル感はたまりません。

「満月に照らされて」は山上の一軒家「ジーノの家」を、リグリア州に借りていた頃の話です。向かいの山に住む、やはり孤高の住人ソフィアから招かれます。ミラノから移り住んだというソフィア。急勾配の山道を何とか登り切った先に、家はありました。

ある時、そこにソフィアの母が現われます。老母から初めて聞くことになるソフィアの来歴、一家の味であるボロネーゼソースのタリアテッレ（平麵）の秘伝のレシピ。最後は全員で、冬も間近の屋外の食卓を囲みます。

《東の山の上に月が昇り始める。鍋に黒々と沈んでいたソースが、月光を受けて赤く照り返す。イヴァンが熱々のパスタを皿によそい分けていき、老母がその上へ濃厚なソースをふた匙分ほど載せて回る。

音のない夜だ。各人の皿に、銘々の月が光っている。》

「波酔い」は、六年間船上生活を送った内田さんの「決断」の背景が語られます。顔なじみになった船大工たちから、沈みかけている七十五年前の木造船を見にこないか？　と誘われて行き、見た瞬間に「迷わずその場で購入と船上生活を決めてしまった」という移住です。

そこからの暮らしの難儀ははかりしれません。それでも船上生活の描写には、うっとりさせられ、救われます。

《それまで、船上生活とは海を知ることだと思っていた。ところが、板一枚下の海に抱えられて私が向き合った相手は、他でもない自分自身だった。》

覚悟を決めてイタリアという国の真髄を見極めたいと心に誓った著者にとって、船上生活であれ何であれ、不案内な世界にたった一人で立ち向かうことは、とりもなおさず自らを見つめ、学び、耕してゆくプロセスそのものだったと思います。

そして、その世界を「愛《め》づる」魂の手入れ（ケア）こそが、内田さんの言葉に生命《いのち》とグルーヴ感を与えているのだと思います。


（こうの・みちかず／編集者・読書案内人）

小学館文庫
好評既刊

ミラノの太陽、シチリアの月

内田洋子

日伊往来40年余。旅行者ではなく生活者としてイタリアを見つめてきた著者が、風土、社会、人間、食を精緻な筆で切り取った滋味深いエッセイ集。深い感動と読み応えの全10話。

ボローニャの吐息

内田洋子

古代ローマから息づくイタリア人の美意識を描く傑作エッセイ集。金色の魚が導く「雨に連れられて」、ラッファエッロの絵の数奇な運命をたどる「それでも赦す」ほか全15話。

海をゆくイタリア

内田洋子

縁あって美しい木造帆船《ラ・チチャ》号の共同船主になった著者が描く、宝物のような航海日誌。イタリア半島を海から巡った初夏から秋にかけての140日間を情緒豊かに綴る。

―――本書のプロフィール―――

本書は、二〇二〇年に小学館より単行本として刊行された同名作品を加筆修正し、文庫化したものです。

小学館文庫

サルデーニャの蜜蜂《みつばち》

著者　内田洋子《うちだようこ》

二〇二三年八月九日　初版第一刷発行

発行人　石川和男

発行所　株式会社 小学館

〒一〇一-八〇〇一

東京都千代田区一ツ橋二-三-一

電話　編集〇三-三二三〇-三一八〇

販売〇三-五二八一-三五五五

印刷所――凸版印刷株式会社

ISBN978-4-09-407278-5